우리 고전 다시 읽기

채봉감별곡

채봉감별곡

구인환(서울대 명예교수) 엮음

좋은 책 좋은 독자를 만드는 ―

㈜신원문화사

머리말

　수천년 동안 한 민족이 국가의 체제를 갖추어 연면한 역사와 전통을 계속해 왔다는 것은 인류 역사를 살펴봐도 그렇게 흔한 일이 아니다. 그리고 그 민족이 고유한 문자를 가지고 후세에 길이 전할 문헌을 남겼다는 것은 더욱 흔한 일이 아닐 것이다.

　이러한 면에서 볼 때 우리 한민족은 세계 어느 나라와 비교해도 손색없고, 자랑스러운 역사와 전통을 이어왔다. 우리 한민족은 5천 여 년의 기나긴 역사를 통하여 수많은 외세의 침략을 받아 백척간두의 국난을 겪으면서도 우리의 역사, 한민족 고유의 전통을 면면히 이어온 슬기로운 조상이 있었다. 이러한 까닭으로 오늘날 빛나는 민족의 문화 유산을 이어받은 것이다.

　고전 문학(古典文學)이란 실용성을 잃고도 여전히 존재할 만한 값어치가 있고, 시대와 사회는 변해도 항상 시대를 초월하여 혈연의 외침으로 우리의 공감대를 울려 주기에 충분한 문화적 유산이다. 그러므로 오늘을 사는 우리들은 조상의 얼이 담긴 옛

문헌을 잘 간직하여 먼 후손들에게까지 길이 이어주어야 할 사명감을 가져야 할 것이다.

고전 문학, 특히 국문학(國文學)을 규정하는 기준이 국어요, 나라 글자라면 우리 민족의 생활 감정을 표현한 국문 작품이야말로 진정한 국문학이 된다 할 것이다.

그러나 우리 고유 문자의 탄생은 오랜 민족 역사에 비해 훨씬 후대에 이루어졌다. 이 까닭으로 우리 민족은 일찍부터 외국의 문자, 즉 한자가 들어와서 사용했다. 이처럼 우리 선조들이 고유 문자가 없음을 한탄할 때에, 세종조에 와서 마침 인재를 얻어 훈민정음이 창제되었다. 하지만 여전히 한자가 독보적인 행세를 하여 이 땅에 화려한 꽃을 피웠다. 따라서 표현한 문자는 다를지언정 한자로 된 작품도 역시 우리 민족의 생활 감정을 나타낸 우리의 문학 작품이다. 이러한 귀결로 국·한문 작품을 '고전 문학'으로 묶어 함께 싣기로 했다.

우리 글이 창제된 이후에도 우리 선조들의 손으로 쓰여진 서책이 수만 권에 달한다. 그 가운데에서 국문학상 뛰어난 몇몇 작품을 선정하는 것은 물론 산재해 있는 문헌의 자료를 수집하기 위해 숨어 간직되어 있는 작품을 찾아내는 것도 여간 어려운 일이 아니었다. 그럼에도 이만한 성과를 거두고 이만한 고전 문학 작품을 추리는 것은 현재를 삼는 우리의 당연한 책임이자 의무이다. 다만 한정된 지면과 미처 찾아내지 못한 더 많은 작품이 실리지 못한 것이 아쉬울 따름이다.

엮은이 씀

차
례

채봉감별곡 · 11

주생전 · 91

양산백전 · 141

채봉감별곡

　어젯밤에 불던 바람은 금성(金聲)[1]이 완연하다. 모란봉 추운 바람이 단풍과 낙엽을 흩날려서 평양성중으로 불어 떨어뜨리는데, 사정없이 넘어가는 저녁빛에 홀로 서창을 의지하여, 바람에 불려 떨어지는 낙엽을 맥없이 보며 앉아 있는 여인은 평양성 밖에 사는 김 진사 집 처녀 채봉이라.

　김 진사는 평양에서도 조신(操身)[2]하는 양반이라. 문벌과 재산이 남부럽지 않을 만하지만 슬하에 일점 혈육이 없어 항상 한탄하더니, 만년에 딸 하나를 낳아 이름을 채봉이라 하여 금옥같이 기르니, 채봉이 재주가 총명하여 침선여공(針線女工)과 시서문필(詩書文筆)이 일취월장하고, 화용월태(花容月態)[3]가 미인의 자질을 갖추고 있는지라, 김 진사 내외 극히 사랑하여 장차 그

---

　1) 가을의 느낌을 자아내는 소리.
　2) 삼가서 몸가짐을 조심함.
　3) 아름다운 여자의 고운 용태를 일컫는 말.

와 같은 짝을 구하여 슬하의 낙을 보려 하고 널리 서랑(婿郞)[1]을 구하나, 그 부모의 생각에는 평양 같은 시골 구석에는 그와 같은 배필이 없는지라. 김 진사는 좋은 인물을 구하려고 서울로 올라가고, 채봉이는 별당 속에서 홀로 아름다운 태도를 지키니 세월이 여류(如流)하여 나이 이미 이팔청춘이라. 사창에 매화꽃 떨어지고 버들가지에 꾀꼬리 울 적마다 적막히 봄소식이 늦어 감을 한탄하더니, 무정세월이 멈출 바를 모르는지라. 봄이 가고 여름이 지나도록 아름다운 기약은 멀어지고 정전(庭前) 낙엽에 금풍(金風)[2]이 소슬하나, 한가한 수심과 숨은 탄식을 금치 못하는 터이라. 서창에 넘어가는 햇빛을 쳐다보더니, 다시 그 단풍 잎이 날아가는 곳을 따라 후원으로 나오면서 가라앉은 목소리로 시비를 부른다.

"이 애 취향아! 후원으로 나오너라. 단풍 구경이나 하자."

취향이가 뒤를 따라나와 동산에 올라서더니,

"아이고, 벌써 나뭇잎이 빨갛게 되었네. 그렇게 푸르고 무성하던 빛이 다 어디로 가고, 누가 이렇게 주황 다홍을 물들여 놓았노. 아! 세월도 빠르구나. 이 동산에 홍도(紅桃)·벽도(碧桃)·삼색도(三色桃) 꽃송이 벌어지고 버들잎 싹틀 적이 어제 같건마는, 미각지당(未覺池塘)에 춘초몽(春草夢)하여, 정전오엽(庭前梧葉)이 이추성(已秋聲)이로구나[3]. 인생 백년이 벌써 요도(天桃) 삼월 다시 나고, 삭풍이 소슬하니 인생 또한 저와 같이

---

1) 남의 사위를 높이 일컫는 말.
2) 가을의 신선한 기운을 띤 바람.
3) 중국 송나라 주희의 시구. 연못 꽃밭 속에서 봄꿈이 깨는 줄을 몰랐더니, 벌써 뜰 앞 오 동잎에 가을을 알리는 소리가 깊었구나.

겉늙는구나."

취향이,

"그러게 말씀이오. 버들가지에 채쭉으로 안장마 급히 몰아 진사님 떠나신 지 어젯날 같건만 한여름이 다 지나고 소식조차 막연하오그려."

이와 같이 서로 탄식하며 채봉은 떨어지는 나뭇잎을 아껴 주워 들고 아름다운 얼굴에 대면서, 가는 허리 석양 서풍 부는 바람에 부칠 듯하게 섰더니, 마침 이 때 서편 단장 터진 곳에 나뭇가지 흔들흔들 사람의 소리 두런두런하거늘 깜짝 놀라 돌아보니, 일위 소년이 나뭇가지를 휘어잡고 단장 안을 엿보는데, 나이 18, 9세 가량이요, 의복이 선명하고 얼굴이 관옥(冠玉)[4]이요, 풍채가 수려한지라. 한번 봄에 마음에 갑자기 반가운 생각이 있으나, 아녀자의 마음이라 만면 수색으로 다시는 얼굴을 들어 보지 못하고, 취향을 앞세우고 초당(草堂)으로 급히 들어가고, 동산으로 난문을 걸어 잠그니라.

그 소년이 채봉이가 취향을 데리고 들어가 문 거는 것을 보면, 담 터진 데로 들어와 좌우로 동산을 구경하며, 채봉이 앉았던 자리에 가 앉아 보니, 오히려 나머지 향기가 있는 듯한지라.

'아! 신선이 귀동천(歸東天)하니 공여양류연(空餘楊柳緣)이요, 지문오작훤(只聞烏鵲喧)이로구나.'[5]

한번 탄식하고 초당을 바라보다가 우연히 고개를 숙여 땅을 보니, 2, 3보 밖에 수건 하나가 떨어졌거늘, 급히 주워 보니 3척

---

4) 남자의 얼굴이 예쁜 것을 가리키는 말.
5) 신선이 날 새는 하늘로 올라가니, 공연한 버들가지 인연만 남았고, 까막까치 소리만이 시끄럽구나.

가량 되는 명주 수건이라. 자세히 펼쳐 본즉 수건 끝에 채봉 두 자를 수놓았는지라.

'이는 분명 그 처녀의 수건이요, 채봉은 그 이름이라.'

생각하고, 따뜻한 향기를 품속에 품고 무슨 큰 보배나 얻은 듯이 기뻐하여, 앉은 자리로 다시 오려 하는데, 대문 안으로 사람의 소리가 들리거늘, 급히 담 터진 데로 도로 나와 서서 동정을 본즉 앞서서 들어가던 여자가 나와서 무엇을 도로 찾으며 혼잣말로,

"이상도 하다. 지금 떨어진 수건이 어디로 갔을까?"

하는지라. 소년이 이 소리를 듣고 입 속으로 말이 나옴을 깨닫지 못하고,

"벌써 내게 있는 물건을 아무리 찾으면 찾을 수가 있나, 공연히 애만 쓰지."

그때 채봉이는 동산에서 급히 돌아오느라고 수건 떨어진 것을 몰랐다가 이윽고 깨닫고서 취향을 보내 찾아오라 하니, 취향이가 수건을 찾다가 이 말을 듣고 급히 앞으로 와서 공손한 말로 수건을 달라 청한다.

"서방님이 뉘신지 모르거니와 지금 말씀을 들은즉 수건을 얻으신 듯하오니 얻으셨삽거든 내어 주시면 감은만만(感恩萬萬)[1]이올시다."

"수건이 어떤 사람의 물건이냐?"

"우리 소저 가지던 것이올시다."

"소저의 수건이면 도로 줄 터이니, 소저더러 와서 가져가시

---

1) 은혜에 감동됨.

라고 해라."

"아이고 서방님, 그 무슨 말씀이오. 소저는 규중 처녀라, 어찌 외인을 대면하오리까. 그것은 필경 희언(戲言)[2]이시니 어서 주시옵소서."

"나는 물건 주인을 친히 보고 전하고자 하여 그리 함이라, 어찌 희언을 하리요. 그러나 너는 누구냐?"

"저는 소저를 근시(近侍)하는 시비 취향이올시다."

"네 소저는 이름이 무엇이냐?"

취향이 방긋 웃으며,

"외간 남자께서 남의 집 규수 이름은 알아 무엇하시렵니까. 천부당만부당한 말씀 마시고 수건을 어서 주시오."

소년이 껄껄 웃고,

"이 애 취향아, 이름이라 하는 것은 남녀를 물론하고 알고 부르는 것인데, 그렇게 천부당만부당할 것이 무엇이냐. 내가 아는 것이 있기로 묻는 말이라."

"규수의 이름이라 하는 것은 부모가 부르자고 지은 것이지, 외간 남자야 어찌 남의 집 규수의 이름을 부르리까."

"이 애 네 말도 그럴듯하다만, 나는 이름을 알고야 수건을 줄 터이니 이름을 말하려거든 하고 말려거든 말려무나."

취향이 생각하되,

'어떠한 양반이신지 우리 소저와 인물이 상적(相敵)[3]할 뿐이라. 소저의 이름이 수건에 있은즉 알고 짐짓 묻는 것이라. 말하면 무슨 관계 있으리요.'

---

2) 웃음거리의 실없는 말. 희담.
3) 양편의 겨루는 실력이 서로 비슷함.

하고 또 한 번 상긋 웃으며 못 이기는 체 말을 한다.

"진정 알라시면 말씀할 터이니 수건을 주시렵니까?"

"암 주다뿐이겠느냐."

"채봉이라고 하신답니다."

"허허! 채봉이라 말하기가 그렇게 어려우냐. 이 수건에도 그 글자 있으되, 네 말을 듣고자 함이로다. 그러나 수건을 주기는 줄 것이니, 거기 잠깐 섰거라. 곧 다녀오마."

"다녀오실 때 오실지라도 수건을 주고 가십시오."

"오냐. 잠깐 섰거라. 즉시 올 터이니."

하고 급히 아랫집으로 들어와 용연(龍硯)에 먹을 갈아 양호무심 필(羊毫無心筆)[1]을 흠씬 찍어 수건에 절구(絶句)[2]를 써서 취향 을 갖다 주며,

"나는 대동문 밖에 사는 장필성이라. 선친께서는 선천 부사 로 계시다가 돌아가시고, 편모 슬하에 지금까지 성취(成娶)[3]를 하지 못하였음에, 주야로 전전반측하여 숙녀를 구하려고 오매 불망하는 사람이라고 소저께 말씀하고 이 수건을 드리어라. 수 건을 보시면 답장이 있을 것이니 불안하다마는 회답을 전하여 주기를 바라노라. 여기 서서 기다리마."

취향이 수건을 받아보고 깜짝 놀라,

"에그! 이 수건을 어떻게 갖다 드리라고 이렇게 글씨를 써서 못 쓰게 만들었으니까. 갖다 드리면 걱정을 하실 터이니 이 일 을 어찌하나."

---

1) 양철로 촉을 만든 필.
2) 한시의 근체시의 하나, 기·승·전·결의 네 구로 되어 있음.
3) 장가를 들어 아내를 얻음.

"수건을 버려도 내 허물이고, 네야 무슨 관계 있느냐. 갖다 드려만 보아라. 불안하다마는 일후에 은혜를 후히 갚을 날이 있을까 하노라."

취향이 마지못해 수건을 가지고 초당으로 들어간다.

이 때 채봉이 취향으로 수건을 찾아오라 하고, 홀로 난간을 의지하여 기다리되, 한식경이나 되도록 들어오지 아니하니 속으로 생각하되,

'이 애가 무슨 일로 그저 아니 들어올까? 수건을 찾느라고 이렇게 늦는가? 혹시 그 엿보는 소년이 수건을 집어서 실랑이를 하나. 아! 참 이상스러운 일이로군. 내가 규중처녀 되어 외간 남자의 일을 생각함이 온당치 못하나, 그 소년이 대체 누구인지 모르되, 남자 중에도 그런 인물이 있는가? 그러한 인물로 문학(文學)이 유여(有餘)하면 가위 금상첨화라 하련마는, 무무한 시골 생장 무식할 지경이면 그 인물이 아깝지 아니하랴.'

이렇게 여러 가지로 생각을 하는데, 취향이가 손에 수건을 들고 앞으로 오며,

"참 세상에 희한한 일도 있지요."

채봉이 이 소리를 듣고 급한 말로,

"이 애 취향아, 무슨 일이 희한하며, 무엇하느라고 이제야 찾아오냐?"

"다른 일이 아니올시다. 수건을 아무리 찾아도 없더니, 아까 담 밖에서 보던 이가 수건을 집어 가지고 서서 수건 찾는 양을 보고 여차여차하기에, 달라고 하였더니 무수히 실랑이를 하다가, 수건에 글을 써서 주며 이리저리하기로 마지못하여 받아 가지고 왔습니다만 소저께 꾸중이나 아니 들을는지요. 참 그 양반

이야 인물도 잘생겼어요."
하고 수건을 앞에다 놓으니, 채봉이 얼굴이 붉어지며 수건을 펴
서 보니 글에 하였으되,

　수건에서 아름다운 여인의 향기가 나부끼니.
　하늘이 나에게 정다운 사람을 내렸도다.
　은근한 정을 참을 수 없어 사랑의 시를 보내오니,
　바라건대 홍사가 되어 동방에 들기를 바라노라.
　　　　　　　　　　　　　연월일 만생(晚生) 장필성

이라 하였거늘, 소저 보기를 다하고, 얼굴이 더욱 붉어지며, 속
으로 무슨 생각을 하며, 눈에 정기를 모아 글씨에 쏟고 있는데,
취향이가 소저의 눈치를 알고 소저를 쳐다보며 웃으며,
　"무엇이라 글을 썼어요? 좀 일러 주십시오."
　채봉이 천연한 낯으로,
　"읽으면 네가 알겠느냐. 그러나 수건을 못 찾을지언정 부질
없이 받아 가지고 왔느냐? 그러나 남의 글을 보고 회답 아니할
수 없고, 어찌하면 좋단 말이냐?"
　"아무렇게나 두어 자 적어 주십시오. 그 양반이 지금 서서 기
다립니다."
　채봉이 마지못하여 방으로 들어가, 색간지(色簡紙)에 글 한
구를 지어 취향을 주며,
　"이번은 처음 같은 일이라 마지못해 해답하거니와, 차후는
이런 글을 가져오지 마라."
　취향이 웃고 받으며,

"소저께서는 무엇이라 하셨어요?"

"에그, 글 모르니 갑갑도 해라."

채봉이 취향의 등을 탁 치며,

"있다가 밤에 읽어 줄 것이니 어서 갖다 주고 오너라. 그러나 아랫집에서 글 지어 가지고 나오는지, 네 그 양반이 또 그리로 들어가나 보고 오너라."

"예, 김 첨사 집에서 유하고 있다고 해요."

"그러면 김 첨사 집과 어찌 되나 물어나 보아라."

취향이 대답하고 장필성이 있는 곳으로 나와 소저의 글을 전하니, 필성이 급히 받아 본즉 하였으되,

그대에 권하노니 양대의 꿈을 생각하지 말고,
독서에 힘써 과거에 급제하길 바라노라.

장생이 보기를 다하고 속으로 깊이 감동하여 취향을 쳐다보고 말을 묻는다.

"해답 전해 주어 감사하다. 그러나 지금의 연광(年光)이 몇 살이나 되셨느냐?"

"지금 열여섯 살이올시다."

"열여섯 규수로서 글공부를 어떻게 이처럼 하시었느냐?"

"우리 댁 진사님께서 알뜰히 교훈하셔 금옥같이 기르시는 터이올시다."

"지금 진사께서 댁에 계시느냐?"

"서울 가셨습니다."

"서울은 무슨 일로 가셨느냐?"

"그는 자세히 모르오나, 아마 서랑을 구하러 가신 법합니다."

장생이 그 말을 듣고 속으로 은근히 놀라며,

"응 그래, 소저를 서울로 시집보내려는 모양이냐?"

"예, 평양 바닥에는 가감(可堪)[1]한 인물이 없다고 하시더니, 올라가셨으니까 알 수 없어요. 그러나 서방님은 김 첨사 댁이 어떻게 되셔요?"

"내 외가 댁이어니와, 내가 너더러 청할 말이 있으니 들으려느냐?"

"무슨 말씀이시오. 들을 만하면 듣고, 못 들을 만하면 못 듣지요."

"다름이 아니라 네 소저도 절대가인(絶代佳人)[2]이요, 나는 소년재사(少年才士)라. 군자호구(君子好逑)가 다시 더할 것 있겠느냐. 초면에 이런 말 부탁하기 어렵다마는 네가 중간에 들면 될 터이니, 소저와 한번 대면하게 해주면 은혜를 잊지 아니하마."

취향이가 그 말을 듣고 아무 말 없이 서서 속으로 무슨 생각을 하면서 장필성을 자주 쳐다본다.

"왜 대답이 없이 나만 쳐다보느냐?"

"우리 댁 진사님이 성품이 엄숙하시니, 만일 이런 일을 아시면 나는 죽고 말지니, 내게는 그런 말 마시고 외처의 매파를 보내 통혼을 하시는 것이 좋을 듯합니다."

"나도 그런 생각이 없는 것이 아니다마는, 소저와 한번 대면 후 매파라도 보낼 것이니, 너는 나와 소저를 위하여 혼약을 맺게 하여라."

---

1) 감당할 수 있음.
2) 상대에 견줄 인물이 없는 미인.

취향이 속으로 생각하되,

'문벌도 상적하고 인물도 막상막하이니 가히 군자호구라. 일차 시험을 하여 보리라.'

하고 이윽고 무슨 생각을 하더니, 필성의 귀에 입을 대고 무엇이라고 두어 마디를 하고 한 번 방긋 웃으며,

"그러한 후 성사 여부는 서방님에게 있사오니 후회가 없도록 하시오."

"과연 그렇게 해주면 은혜난망이다. 백골이 진토 되어도 잊지 못하리라."

"그런 말씀 마시고 실기(失機)³⁾나 마시오."

"오냐, 나는 너만 믿고 간다."

이와 같이 약속을 단단히 하고 장필성은 김 첨사 집으로 가고, 취향은 초당으로 들어가니라.

이 때 채봉이 답서를 지어 취향을 주어 보내고, 수건을 펴서 놓고 수삼차 음영(吟咏)⁴⁾하며 생각이 간절하여 속으로 말하되,

'신언서판(身言書判)⁵⁾이 그만한데 무슨 일로 그저그저 입장(入場)을 하지 못하였을까? 가세가 적빈(赤貧)함인가? 가합한 혼처가 없어서 그저 있음인가? 세상에 남녀는 다를지언정 마땅한 실가(室家)⁶⁾를 얻지 못한 사람이 또 있구나.'

하고 앉았더니, 취향이 초당에 들어와 뒤로 가만가만 걸어 채봉의 눈치를 보다가, 그 혼자 하는 말을 듣고 채봉의 앞으로 와서

3) 좋은 기회를 놓침.
4) 시부를 읊음.
5) 당나라 때 관리 선별 기준이 되는 것으로, 몸 · 말씨 · 글씨 · 판단을 이름.
6) 가정.

웃으며 말하되,

"하 무슨 말씀을 그렇게 혼자 하셔요? 소저께서 직녀가 되시면 저는 오작교가 되어 볼까요."

채봉이 얼굴이 붉어지며,

"아이고 이 애가 그게 무슨 소리냐. 에라 미친년 듣기 싫다. 그러나 그 글을 갖다 주니까 무어라고 하더냐?"

"글을 보더니 입이 찢어질 듯이 좋아하며, 군자호구라 다시 더할 수 없다고 해요."

채봉이는 다시 묻지 아니하고 방으로 들어가더라.

취향이 장생과 그렇게 약속을 하여 두고 틈을 탈 길이 없더니, 하루는 소저를 모시고 초당에 앉았는데, 이윽고 월출동령(月出東嶺)[1]에 밝기 낮 같아 사람의 심회(心懷)[2]를 돕는지라. 취향이 채봉을 쳐다보고,

"소저는 월색이 이와 같이 밝은데, 뒷산에 가서 완월(玩月)[3]이나 아니하시렵니까?"

"글쎄, 달이야 참 좋다. 중추명월이로구나. 후원에 가서 달 구경이나 할까?"

채봉이 취향을 데리고 후원으로 나가 이리저리 거닐며 월색을 완상한다.

이 때 필성은 취향과 약속하고 이날 저녁을 일찍 먹고 담 터진 데로 들어와 취향의 기침 소리를 기다리니, 취향이가 채봉과 같이 들어옴을 보고 급히 몸을 감추고 취향의 동정을 보는데,

---

1) 동쪽에 있는 재에 달이 떠오름.
2) 마음속의 회포.
3) 달을 구경함.

취향이가 필성의 은신한 데를 자주 보며 기침을 두어 번 하며 나오라 하는 모양이다. 필성이 급히 몸을 일으켜 채봉의 앞으로 나와 달 아래 우뚝 서니, 채봉이 크게 놀라 급히 몸을 피하려는데, 취향이가 채봉의 앞을 막아서며,

"소저는 놀라지 마옵소서. 이 양반은 일전에 글로 회답하시던 장서방님이올시다."

"그 양반이 무슨 일로 남의 집 후원을 들어오셨단 말이냐? 빨리 나가시라고 해라."

취향이가 미처 말할 새 없어 장필성이 앞으로 와 길이 읍하며,

"소생의 말은 일찍 취향에게 들으신 법합니다. 그러나 소생을 지금 나가라 하시니, 꽃 본 나비 어찌 그저 지나가며, 물 본 기러기 어옹(漁翁)[4]을 두려워하리이까. 소저는 소생을 저버리지 마시고 숙녀와 군자의 좋은 언약을 맺어 백년해로를 맹세함이 소원이올시다."

채봉은 아무 말 없이 얼굴에 홍조를 띠어 차가운 달빛 아래 섰는데, 취향이 채봉을 쳐다보며,

"소저는 소비의 말을 들으소서. 오늘 이 일이 삼생기연(三生奇緣)[5]이 아니면 어찌 이와 같이 되리까. 전일 수건 잃으신 것도 우연한 일이 아니요, 수건이 장공께 들어간 것도 하늘이 시키심이라. 인력으로 막지 못할 것이며, 겸하여 장공과 문벌도 상당하고, 또 장공은 아직 취실(娶室)[6]하지 아니하심도 소저를

---

4) 고기를 잡는 노인.
5) 전생과 현생과 후생의 인연.
6) 아내를 얻음.

기다리심이라. 이 아니 천사기연(天使奇緣)[1]이오니까. 소저께서
는 조금도 서슴치 마시고 한 말씀만 하시면 백년대사를 정하는
것이올시다."

　채봉은 더욱 부끄러워하며 고개를 돌이켜 숨소리도 없이 섰
는데, 조급히 서두르는 장필성은 다시 읍하며,

　"소저께서 이와 같이 말씀을 아니하심은 소생을 더럽다 하시
고 용납하지 아니하심이오니까. 굳이 말씀이 아니 계시면 소생
은 이 가련한 신세를 세상에 버리고자 하오니 말씀하여 주옵소
서."

하고 앞으로 다가서며 연하여 말을 하니, 채봉이 마지못하여 아
미(娥眉)를 숙이고 아니 나오는 목소리로 모기 소리만큼 내어
하는 말이라.

　"전일 군자께서 주신 시구도 잊지 아니하고 있사오며, 겸하
여 취향에게 들은 말도 있사오니, 어찌 다른 말씀하오리까."

　취향이 채봉의 말 떨어지는 것을 보고 반가운 생각이 나서 말
을 가로 타 하는 말이,

　"그만하면 우리 소저의 뜻을 알 것이니, 서방님은 댁으로 돌
아가서 매파를 보내소서."

하고, 채봉을 데리고 초당으로 들어가는데, 장필성은 정신없이
초당만 바라보고 섰는 형상이 마음은 채봉을 따라 초당 속으로
들어가고 몸뚱이만 허수아비같이 섰다가 이윽고 돌아가니라.
이 때 채봉의 모친 이씨가 월색이 명랑함을 보고 딸을 보러 초
당으로 나오니 채봉과 취향이 없거늘, 마음이 괴이하여 후원으

---

1) 천국에서 인간계에 파견되어 신과 인간과의 중간에서 신의 뜻을 인간에게 전하고 인간
　의 기원을 신에게 전하는 사자의 기이한 인연.

로 찾아오는데, 바람으로 좇아 남자의 음성이 들리는지라. 마음이 수상하여 몸을 감추고 엿들으니, 채봉이가 취향이를 데리고 어떤 남자와 수작하는 말이 귀에 역력히 들리는지라. 어찌된 일을 몰라 나가지 못하고 눈을 비비며 그 남자를 보니, 백옥 같은 풍채 월하에 채봉과 같이 섰는 형상은 가히 원앙의 쌍이라. 여취여광(如醉如狂)[2]하여 수작하는 이야기만 듣다가, 취향이가 필성과 작별하고 채봉과 같이 돌아옴을 보고 급히 초당 마루로 앞서서 올라가 앉으니, 뒤미처 채봉과 취향이가 오거늘, 이 부인이 시치미를 떼고 묻는다.

"아가, 어디를 갔다가 이렇게 늦게 오느냐?"

채봉은 자연 부끄러운 태도가 있어 미처 대답을 하지 못하고 취향이가 대답을 한다.

"달이 하도 밝기에 후원에서 놀다가 이제야 옵니다."

"어린아이들이 무섭지 아니하냐? 근일 들은즉 후원 담 터진 데 사람의 소리가 있더라고 하는데, 다시는 밤중에 들어가지 말아라. 그러나 지금 들은즉 남자의 소리가 들리니 누가 들어왔더냐?"

채봉은 천만뜻밖에 이 말을 듣고 감히 고개를 들지 못하고, 취향은 창황하여 즉시 대답을 하지 못하는데, 이 부인이 이 거동을 보고 노기를 띠어 재차 묻는다.

"왜 대답이 없느냐? 나는 남자와 같이 말하는 것을 보고, 어떤 남자가 들어온 것을 책하여 보내는 줄 알았더니, 지금 여등의 동정을 보니 무슨 사정이 있구나. 이 일을 진사님이 아시기

---

2) 매우 기뻐서 미친 듯도 하고 취한 듯도 함. 여광여취.

전에 진작 실토하면 내가 먼저 조처를 하고, 진사님께 좋도록 말씀하려니와, 만일 기망(欺罔)[1]을 하면 진사님께 여쭈어 살풍경(殺風景)[2]이 일 것이니, 만일 네가 기망하면 너부터 치죄(治罪)[3]하리라. 취향아, 너는 사정을 자세히 알겠지. 네가 말하여 보아라."

채봉은 더욱 망지소조(茫知所措)[4]하여 어찌할 줄 모르고, 취향은 속으로 생각하되,

'부인의 말씀이 이와 같으니, 부인을 속일 수도 없을 뿐 아니라 바로 말씀하여 일이 없도록 하는 것이 도리어 좋은 도리가 아닌가.'

하고 이 부인 앞에 가 앉으며,

"마님께서 이와 같이 하문(下問)[5]하시니 어찌 기망을 하오리까. 이는 다 소비의 죄이오니 만사무석(萬死無惜)[6]이올시다."

이 부인이 그 말을 들으며 더욱 수상하여,

"그래 네가 죄를 지었다면 사정이 어떻게 되었단 말이냐?"

취향이가 밤낮 채봉을 따라 후원에 단풍 구경 갔다가 수건을 잃고 찾으러 나갔던 일과, 수건이 천만의외에 장필성에게 들어가 글귀로 화답한 말이며, 오늘 밤 달 구경 갔다가 남자와 문답한 일장설화를 다하고, 입에 침이 없이 장필성의 인물을 칭찬한다.

---

1) 남을 그럴듯하게 속임.
2) 살기를 띤 광경.
3) 허물을 다스려 벌을 줌.
4) 어찌할 바를 모름.
5) 웃사람이 아랫사람에게 물음.
6) 한 번 죽어도 아깝지 않을 만큼 죄가 무거움.

"아이고 그 양반이야 참 가위(可謂)[7] 여옥기인(如玉奇人)[8]이라. 평양 땅에서도 처음 보는 인물이니, 소저의 배필 되기 부끄럽지 아니하옵니다."

이 부인이 이 말을 듣고, 한참 앉아서 익히 생각하더니,

"이 일을 진사님이 아시면 큰일나겠구나. 어떻게 해야 무사히 된단 말이냐?"

"좋은 연분이라. 이왕에 그렇게 된 일을 걱정하시면 어찌하십니까. 그는 마나님이 무사히 처치하려면 어려울 것 없지요."

"어떻게 하면 좋으냐?"

취향이 부인의 귀에 입을 대고 채봉이 듣지 않게 무어라 말을 하더니,

"그렇게 하면 이런 사정을 누가 알며 일은 좀 잘 되겠습니다."

"네 말도 그럴듯도 하다만 장씨의 문벌이 어떠하다더냐?"

"한번 청해서 물으시면 아시려니와, 전 선천 부사의 자제이고 외가 댁은 김 첨사라 하시니 댁과 상당치 아니하십니까?"

"혼인이라 하는 것은 사람의 임의로 하지 못하는 것이라. 약비기연(若非其緣)[9]이면 비록 일실지내(一室之內)[10]에 있어도 초월(楚越)[11] 같으되, 연분이 되려 하면 수만 리 밖에 있어도 자연 모이나니, 어찌 인력으로 억제하리요. 사이지차(事以至此)[12]하

---

7) 가히 이르자면.
8) 얼굴이나 성질이 옥과 같이 깨끗하고 흠이 없는 사람.
9) 만약 그와 같은 인연이 아님.
10) 한방에 같이 있음.
11) 중국 춘추 시대의 초나라는 남방에 있고, 월나라는 북방에 있어, 거리가 너무나 떨어져 있음을 말함.
12) 일이 이미 이와 같이 되어 버림.

였으니, 네 말과 같이 주선하려니와, 대관절 장씨의 글씨가 어디 있느뇨?"

취향이 장을 열고 수건을 내어 놓으니, 이 부인도 문학이 유여한지라. 필성의 글씨를 보더니, 절절이 칭찬하며 채봉을 돌아보고,

"아가, 네 마음을 내가 이제는 짐작하였으니 다시 더 말할 것 없거니와, 한 가지 염려는 네 부친께서 혼사로 인연하여 서울로 올라가셨는데, 만일 혼인을 정하고 내려오신다면 어찌한단 말이냐?"

취향이가 깔깔 웃으며,

"아이고 마나님, 별 걱정을 다 하십니다. 아무리 정하고 내려오실지라도 예단(禮緞)[1]을 받았습니까, 파의하기가 무엇이 어려워서 염려하십니까?"

"오냐, 어찌할 수 있느냐. 비록 예단을 받으셨더라도 파의를 할 수밖에 없겠다."

부인은 밤이 늦도록 이와 같이 의논하고 안으로 들어가니라.

장필성은 그날 밤에 채봉을 만나 은근히 백년가약을 맺고 집으로 돌아와서 모친 최씨더러 말하되,

"어머님, 옛글에 하였으되, 국난(國難)에 사양상(思良相)이요, 가빈(家貧)에 사현처(思賢妻)라 하였사온데, 지금 소자의 나이 18세를 당하와도 모친을 봉양할 처속(妻屬)이 없고 가세는 점점 쇠퇴하오니, 어찌 민망하지 아니하오리까. 듣사온즉 성외(城外) 김 진사 집 규수가 현숙하다 하오니 매파를 보내 통혼을

---

1) 예폐로 주는 비단.

하여 보옵소서."

"네 나이 18세라, 그런 생각이 없겠느냐마는, 김 진사 집과 우리의 문벌은 상당하나, 빈부(貧富)가 현수(懸殊)[2]하니 우리와 결혼하기를 즐겨하겠느냐?"

"모사(謀事)는 재인(在人)이요, 성사(成事)는 재천(在天)이라[3] 하니, 성사는 하늘에 있거니와 통혼이야 하지 못할 것 있습니까?"

"통혼은 해 보마는 들을지 몰라서 하는 말이다."

이튿날 최부인이 매파를 김 진사 집으로 보내 통혼하니, 이때 이 부인이 혼자 앉아서 채봉의 혼사를 생각하고 온갖 걱정을 무수히 하는데, 밖에서 매파가 들어오며 인사를 한다.

"마님, 안녕하십니까?"

"중매 할멈 오나. 근일은 볼 수 없을 적에는 아마 재미가 많은 것이지. 오늘은 무슨 바람이 불어서 왔나?"

매파가 방으로 들어와 앉으며,

"좋은 서랑 하나 있기에 왔습니다."

"어떠한 신랑이란 말인가?"

"다른 신랑이 아니라 대동문 밖 전 선천 부사의 아드님인데, 인물은 반악 같고 풍채는 두목지 같고 문장은 이태백 같고 필법은 왕우군 같사오니, 가위 댁 소저의 배필이라. 중매가 수삼십 년을 돌아다니되, 평생에 보는 바이옵기 말씀하오니, 진진지호(津津之好)를 맺으시면 두 댁의 중매의 생색이 날 듯합니다."

"나도 일찍이 그 신랑이 출중하다는 말은 들었거니와 내가

---

2) 현격하게 다름.
3) 성공을 예기하기는 곤란하지만 모름지기 노력해야 한다는 말.

한번 친히 보고자 하니, 하루 내 집으로 데려고 오게."

"그리 하십시오. 내일 신랑을 모시고 오겠습니다."

매파가 장필성의 집으로 와서 이 말을 하니, 최부인이 의외에 이 말을 듣고 불승희열(不勝喜悅)하여, 이튿날 필성을 김 진사 집으로 보낼새, 의복 일습을 새로이 입히니 가위 선풍도골(仙風道骨)[1]이라. 그 표표(表表)[2]한 인물은 한 붓으로 기록할 수 없더라.

필성이 매파를 따라 김 진사 집으로 오니, 이부인이 안방으로 정하여 볼새, 필성이 매파를 따라 들어가 이부인에게 절하여 뵈오니, 이부인이 반쯤 답례하고 앉으라 한 후 자세히 보니 보던 바 처음이라. 희불자승(喜不自勝)[3]하여,

"여보, 내가 그대를 청함은 알았으려니와, 오늘 그대를 보니 기꺼운 마음 측량할 수 없소. 우리 내외 나이 50에 슬하에 아무도 없고, 지금 혈육이라고는 딸 하나뿐이라. 아무것도 배운 것이 없어 미거하기가 한량없는데, 댁 모당(母堂)[4]께서 헛소문을 들으시고 통혼을 하시니 감히 거역하지 못하거니와, 사주단자나 걸어 놓은 후 신부의 부친이 내려오시거든 성례를 할 터이니, 그리 알고 모당께 말씀을 여쭈시오."

하고 웃는 낯으로 수건 하나를 내어 보이며,

"그대가 이왕 공부를 많이 하였다 하니, 이 글을 누가 지은 것인지 짐작하겠나?"

---

1) 신선의 풍채와 도인의 골격, 곧 남달리 뛰어나게 고아한 풍채를 일컫는 말.
2) 훨씬 뛰어나게 나타나는 모양.
3) 어찌할 바를 모를 만큼 매우 기쁨.
4) 대부인.

필성이 고개를 들어 보니 그 글은 곧 자기가 채봉에게 지어 보낸 것이라. 속으로 이 일이 벌써 탄로가 나서 이와 같이 됨이로구나 생각하고, 도리어 기꺼이 여겨 공손히 대답을 한다.

"어찌 모르리이까. 존문을 더러이 하였사오니 황송무지로소이다."

"내가 이런 것을 다 알았으니, 어찌 다른 의향이 있으리요. 안심하고 학업에 힘을 써 남아의 본색을 잃지 마오."

"삼가 명대로 하겠나이다."

장생이 하직하고 돌아가니, 이 때 취향이 마침 안으로 들어왔다가 필성과 부인이 말하는 것을 듣고 급히 초당에 나가서 채봉을 보고,

"장생이 지금 안에 오셔서 마님과 이야기를 하시니, 전후사가 무사 타협이라 어찌 즐겁지 아니하리까."

하고, 문틈으로 장생의 나아가는 모양을 가리켜 보이면서,

"저이가 신랑 되시기로 작정이 되었다오. 저 양반 처갓집 다녀가는 거동이나 좀 보셔요."

하는데, 취향이는 제 혼인하는 것보다 더 좋아하고, 채봉은 말없이 기뻐하더라.

이 때 평양성 외에서는 새로이 좋은 혼인을 정한 모녀가 이와 같이 기뻐하며, 그 가장 김 진사 돌아오기를 하루가 삼추(三秋) 같이 기다리건마는, 서울 간 김 진사는 어찌하여 돌아올 기약이 망연하던고.

당초에 김 진사는 서랑도 들볼 겸 환로(宦路)[5]에 유의(留意)

---

5) 벼슬길.

하여 다수한 재산을 가지고 서울로 올라간 터이라.

남북촌 재상의 세도가를 찾을 제, 당시 허씨가 제일 세도가로 조정이 불꽃이는 바라. 김 진사 이 소문을 듣고 허씨 집 긴한 문객 하나를 친하니, 이 사람은 김양주라 하는 자라.

위인이 아첨하는 소인(小人)으로 허씨에게 제일 긴하여 양주 목사까지 얻어 하고, 매관매작에 일등 거간으로 붙어 있는 사람이러니, 김 진사가 거액의 재산을 가지고 구사(求仕)[1]차로 올라왔다는 말을 듣고, 금혈(金穴)[2]이나 얻은 듯이 대단히 절친히 지내며, 은근히 평양으로 보내 김 진사 허실(虛實)[3]을 알아보고, 김양주가 하루는 김 진사를 대하여 말하되,

"여보 종씨, 서울 올라온 지가 1삭이나 되어도 성사는 못 되고 부비(浮費)[4]만 나니 남의 일 같지 않아서 딱하구려."

"부비야 관계 있소만 종씨 애쓰는 것을 보면 불안하오."

"천만의 말씀이오. 그러나 좋은 도리가 하나 있으니 해서 보시려오."

"무엇이오?"

"종씨가 단 진사로만 있으니, 우선 출력(出力)[5]은 해야 아니하오."

"그렇지요."

"우선 돈 천 냥만 주시오. 건릉 정자각 수리 별단에 출력을 하시게 하리이다."

---

1) 벼슬을 구함.
2) 금줄에 금이 박혀 있는 곳.
3) 공허와 충실.
4) 일을 하는 데에 드는 비용.
5) 돈을 내어서 사업을 도움.

"출력만 하면 수령(守令) 하기가 쉽겠지요."

"그렇고말고. 벼슬이라 하는 것이 계제(階梯)[6]가 있어서, 수령을 하려면 출력부터 해야 하는고로, 만일 출력을 하지 못하면 500날 가기로 할 수 있소."

"제가 시골 사람이라 무엇을 압니까. 영감 하시기에 있지요."

"염려 마시오. 내가 다 알아서 할 터이니, 뒤나 잘 대시오."

"예, 주선만 잘 해서 주시오. 돈이 얼마나 되오."

"허 판서 욕심이 여간 돈 가지고는 못 되는데."

"돈이라 가지고 올라온 것이 한 5천 냥 되지요."

"5천 냥 가지고 되겠소. 적어도 만 냥은 가져야 현감이라도 얻으오."

"그러면 표라도 해서 놓고 내려가서 치르리다."

"그야 관계없소."

"어찌하든지 사흘 안에 출력 칙지를 갖다 드릴 것이니, 한턱이나 하오."

"한턱뿐이요. 정 그러면 두 턱이라도 하리라."

이와 같이 서로 약속하여 보내고, 김 진사는 돈 구처를 생각하느라고 잠을 자지 못하며, 김양주가 오기를 고대하더라. 하루는 김양주가 분발과 칙지를 갖다 주며, 헛 생색을 무척 낸다.

"종씨, 이번 출력은 만 냥 싸오. 그러나 칙지 같은 것은 함부로 받지 못하는 것이니, 사모관대(紗帽冠帶)[7]를 하고 북향사배(北向四拜)한 후 정한 소반에 받아 놓은 것이니, 예절대로 하시오."

---

6) 벼슬이 차차 올라가는 순서.

7) 정식 예장함을 일컫는 말.

"관대가 있어야 아니합니까?"

"참 없겠구려. 가만히 계시오, 내 집에 있으니 가지고 오라고
합시다."

하고 하인을 시켜 갖다 입고 북향사배 후 칙지를 받은 후, 또
김양주에게 사례한다.

"영감의 혜택이 아니시면 어찌 오늘 천은(天恩)을 입사오리
까."

"내야 심부름할 따름이지, 무슨 힘이 있소. 모든 주선이 다
허 판서 대감의 힘이지요. 그러나 가지고 온 사람을 연단으로
필육(匹肉) 몇 끝을 주시오. 그것은 으레 주는 것이오."

"영감이 말씀 아니하셨더라면 실례를 할 뻔하였소."

하고, 명주 한 필, 백목 한 필을 주어 보내고, 또 하인을 보내
좋은 탕건(宕巾)[1]을 사온 후에, 의관을 일신하게 차리고 나니,
김양주가 쳐다보며,

"허허, 참 훌륭한 참봉 나리로구나."

하는데, 김 진사는 좋은 생각이 절로 나서 김양주를 대하여 말
하되,

"영감! 승륙(陞六)[2] 턱을 아니할 수 없은즉, 어디든지 가서
소리나 한 마디 듣고, 술이나 한잔 잡수십시다."

김양주는 속으로 돈백이나 인정을 쓸 줄 알았더니 술로 때우
려 하는 것을 보고, 헛 과장을 핀다.

"종씨! 천만의 말씀이요. 한턱이 무엇이요. 일전에 말한 것은
실없는 말인데, 정말로 들으셨소?"

---

1) 예전에 벼슬아치가 갓 아래에 받쳐 쓰던 관.
2) 칠품 이하의 벼슬아치가 육품에 오름.

"정말이든 실없는 말이든지 가십시다. 내가 서울 온 후 기생의 집이라곤 구경을 하지 못하였으니, 구경 좀 시켜 주시구려."

"그리하시오. 어렵지 않소. 나는 종씨가 과용하실까 그리 하는 것이요."

"그토록 알아주시니 어떻다 할 길 없소. 하여간에 갑시다."

"정 가시고 싶거든 갑시다."

"어떤 집이 좋소."

"산홍이도 좋고 옥희도 좋지. 어떤 집으로 가시려오?"

"그중에 가곡 잘 부르는 기생에게 갑시다."

"오궁골 난홍이 집으로 갑시다."

하고 둘이서 오궁골로 가서 김 진사는 뒤에 서 있고 김양주가 대문에서 부른다.

"이리 오너라. 이리 오너라."

안에서 어떤 자가 대답하되,

"기생 놀이 가고 없소."

김양주가 이 소리를 듣고 김 진사를 돌아보며,

"여보 김 진사, 우리가 아마 난홍이와 인연이 없나 보오. 남문동 산홍이 집으로 갑시다."

김 진사는 절에 간 색시라. 또 김양주를 따라가니, 김양주 남문으로 들어가더니, 한 집 대문에 가 또 서서는,

"이리 오너라. 이리 오너라."

오궁골서 대답하듯 안에서 대답을 한다.

"들어오오."

김양주가 김 진사를 돌아보며,

"산홍이는 있나 보아. 들어갑시다."

하고 안으로 들어가니, 방 안이 툭 터지도록 사람이 둘러앉았고, 기생은 아랫목에 앉았더라.

　김양주가 방으로 들어서며,

　"평안하오, 무사한가?"

하는데, 기생은 일어서며,

　"평안하시오."

　앉았던 사람들은 일제히,

　"네, 평안하오."

　김양주가 좌우를 돌아보며,

　"좌석 좀 칩시다."

한즉, 여럿이 아이 기름 짜듯 조금씩 좁히니, 두 사람 앉을 자리가 생기더라. 김양주와 김 진사는 빈 좌석에 앉아서 김양주가 담배를 뻑뻑 빨아 뿜으니, 방 안이 용문산 안개 끼듯 천장이 뵈지 않도록 연기가 자욱하여 사람의 골머리를 때리는데, 좌우에 앉았던 사람들이 미안한 마음이 있어 하더니, 하나 둘씩 차차 나가니, 만일 만만한 사람이 이와 같이 할 것 같으면,

　"명색이 무엇이냐. 너와 같은 외입장이는 처음 본다. 나가거라."

하겠지만, 김양주는 당시 허 판서 집 얼간으로, 도처에 세력이 홍두 같은 터이라. 이러므로 아무 말도 하지 못하고 다 각기 나가니라. 나중에는 주인 기생과 김양주, 김 진사 세 사람만 남았더라. 김양주가 껄껄 웃으며, ·

　"허허, 그 외입장이들이 우리가 오니까 모두들 달아나나."

　산홍이가 상글상글 웃으며,

　"신입구출(新入舊出)[1]이니까 그렇습니다그려."

"가위 외입장이 문자로구나. 이애 산홍아, 어디 가서 상이나 하여 오라고 해라."

산홍이가 미닫이를 열고 내다보며,

"이리 좀 오오."

하고 부르니, 어떠한 걸자(乞子)[2] 하나가 의복을 이도령 당년에 어사출도하던 의복같이 입고, 이마에는 망건자리가 없이 수양버들 같이 귀 뒤로 축 늘어졌고, 얼굴은 아편장이와 같이 누렇게 뜬 위인이 건넌방에서 툭 뛰어나오며,

"왜 그러냐?"

"어디 가서 약주 좀 차려 오오."

그 자가 뒤축도 없는 승혜(繩鞋)[3]를 찍찍 끌고 밖으로 나가더니, 얼마 만에 주안(酒案)을 차려 놓는지라. 산홍이가 주전자를 잡고 술을 잔과 같이 가득 부어 놓고 김양주를 쳐다보며,

"영감, 수배(受杯)하십시오."

"어떻게 먹으란 말이냐?"

"어떻게 잡숫다니요. 아시지요."

"이 애 나도 마실 줄은 안다만 네 집에 와서 술 먹을 때에는 소관이 하사아냐. 가곡 한 마디 듣자는 것이지."

산홍이가 이 말 저 말 없이 잔을 들며,

"잡으시오, 잡으시오. 이 술 한 잔 잡으시면 천만년을 사오리라."

김양주가 술을 받아 마신 후에 또 한 잔 가득 부어 김 진사에

---

1) 새 것이 들어오고 묵은 것이 나감.
2) 걸인.
3) 삼으로 삼은 신.

게 권하며,

"먼저 권주가 하였으니 지금은 다른 것으로 하겠어요."

"네 마음대로 하여라."

산홍이가 잔을 여전히 들며,

"창 밖에 국화를 심어 국화 밑에 술을 빚어 주니, 술 익자 국화 피자 벗님 오자 달이 돋아 온다. 아해야, 거문고 내어 청 처라 님 대접하리라."

김 진사가 술을 받아 마시고 희색이 만면하여 기생을 쳐다보며,

"이 애, 그 가곡 참 좋다. 가위 명기로구나. 이애 산홍아, 수고한 끝에 편(編)[1] 하나 하려무나."

산홍이 웃으며,

"황송한 말씀이올시다마는, 줄수록 낭랑(朗朗)[2]이라더니 들을수록 낭랑이오니까."

"요년, 서방을 떼어 버리려고 게 무슨 버릇없는 소리냐."

"기생은 영감과 흥허물 없어서 응석으로 한 소리인데 노하시었습니까?"

"허허 그 계집애, 나는 정말이냐마는 좌석에 초면 친구가 계신데 그런 소리를 한단 말이냐."

"실수하였습니다. 편을 하라시니 편이나 하나 하고 소리를 할까요. 그러나 요사이 실음(失音)[3]이 되어서 목청이 나가야 하지요."

---

1) 노래 곡조의 한 가지.
2) 소리가 매우 흥겹고 명랑한 모양.
3) 목소리가 쉼.

하더니, 두세 번 기침을 하고 고하성을 내어 한다.

"기생 수고하였네."

"천만의 말씀이올시다."

김양주가 김 진사를 쳐다보며,

"종씨, 어떠하오?"

"여러 날 객회가 울적하더니 오늘이야 심신이 쾌활하외다."

"허허, 울적할 때에 이런 가곡을 들으면 정신이 상쾌하여집니다."

"어찌하였든지 오늘은 취하도록 먹읍시다."

하고, 일배일배 부일배(一杯一杯復一杯)로 취하도록 먹은 후 김양주는 더욱 허튼소리가 나오고, 김 진사는 한층 더 친한 정분이 생긴다.

"종씨, 어찌하였든지 허씨 댁만 잘 다니면 삼상육경(三相六卿)이라도 할지 모르니, 꼭 나 하라는 대로만 하오."

"암, 이를 말씀이오."

"나는 종씨만 태산같이 믿고 있소. 그러나 내일 허 판서를 가서 뵈옵시다."

"내가 가서 뵈오면 무엇하오. 종씨가 있는데!"

"그래도 한번 가서 눈에 뵈이는 것이요 다음날 좋은 일이 많소."

"아무러나 종씨 하라는 대로 합시다."

하면서 이야기를 주고받고 하면서, 순 바꿈으로 술을 잔뜩 먹고 밤이 늦어 그 기생집을 나와 각각 돌아가니라.

이튿날 김양주와 김 진사가 일찍 소쇄하고 서로 찾을새, 김 진사 유한 데는 야주개요. 김양주 집은 사직골이라. 각각 심방

차로 나갔다가 내수사(內需司)[1] 앞에서 서로 만났더라. 김양주가 김 진사를 보고 반겨서 말한다.

"야! 종씨, 병이나 아니 나셨소. 나는 지금 궁금해서 종씨를 찾아가는 길인데."

"나는 관계없지만 영감도 관계하지 않으십니까? 나도 지금 궁금하여 영감댁으로 문안차 가는 길이올시다."

"대단 미안하외다. 우리 나선 김에 허 판서나 가서 뵈오시려오."

"아무러나 합시다."

하고, 김양주를 따라 사직동으로 가니, 김양주가 허 판서 집 사랑으로 쑥 들어가더니, 얼마 만에 김양주가 도로 나와 들어가자 하거늘, 김 진사가 옷을 다시 고쳐 입고 따라 들어가니, 큰사랑을 지나며 뒤 별당으로 들어가더니, 방으로 들어와 뵈라 하거늘, 김 진사가 절하고 뵈니, 허 판서가 김양주를 쳐다보고,

"이 사람이 그저께 출력한 사람인가?"

김양주가 허리를 땅에 닿도록 구부리고,

"예, 그렇습니다."

허 판서가 다시 김 진사를 쳐다보고,

"어, 매우 단아한 선비로 되었군. 그대 수령 하나 하기가 원이라지. 우선 시험조로 조그마한 과천 현감을 하여 볼까. 미상불 과천이 좋지. 울고 들어가서 웃고 나오는데."

김 진사는 무슨 영문인지도 모르고 가만히 섰는데, 김양주가 묻는다.

---

1) 조선 시대 때 대궐에서 쓰는 쌀 · 베 · 잡물과 노비 등에 관한 사무를 맡아보던 관부.

"지금 과천이 공관(空官)[2]이오니까?"

"응, 과천 현감이 사직소(辭職疏)를 하였지."

"가격은 얼마 가량 하십니까?"

"허어, 만 냥 하나는 있어야 할걸. 내 생각 같아서는 택인(擇人)[3]하는 처지에 돈이 관계없지만, 다른 사람이야 그리 흔한가."

이와 같이 가장 청백한 체하는 것을 김 진사는 진실한 마음에 정말로 알고 어떻게 고맙게 말씀을 하되,

"대감 혜택으로 출력을 하여주시고, 또 현감까지 맡기시니 황송무지올시다."

"허! 별소리를 다 하는구나. 오늘 별단에 시켜 줄 것이니, 돈 표를 써서 두고 가소."

김양주가 급히 연상(硯箱)[4]을 열고 먹을 갈려 하는데, 마침 연적에 물이 없는지라. 김양주가 현령(懸鈴)[5]을 치는데 현령 줄소리가 떠렁 나더니, 열여섯 살 가량 된 미동(美童) 하나가 소리를 길게 빼어 대답하고 나온다. 김양주가 연적을 주며,

"아가, 여기 물을 넣어 가지고 오너라."

미동이 받아가지고 별당으로 내려가는데, 비록 남자이지마는 얼굴은 추천명월(秋天明月)[6] 같고, 풍채는 두목[6]라. 그 아름답고 출중한 모양이 김 진사 눈에 보던 바 처음이라. 문득 채용이 생각이 나서 옆에 사람이 듣는 줄 깨닫지 못하고,

---

2) 벼슬 자리가 빔.
3) 쓸 사람을 고름.
4) 벼룻집.
5) 방울을 닮. 또는 그 방울.
6) 중국 당나라의 시인. 풍채가 좋기로 유명했음.

"그 아이 신통해. 우리 애기와 같기도 하다. 언제나 저런 사위를 얻어 짝을 지어 줄꼬."

하는데, 허판서와 김양주가 역력히 듣고 있더라.

미구에 미동이 연적을 갖다 놓고 들어가거늘, 김 진사는 혼을 잃고 미동이 가는 데를 바라보나, 이 미동은 허 판서의 미동인데, 허 판서의 눈에는 세상 남녀간에 이 미동만한 인물이 없고, 허 판사가 항상 칭찬하는 터이러니, 김 진사의 말을 듣고 별안간 딴 욕심에 생각이 들어가니 슬프다, 500여 리 밖에 있는 채봉이 신상에 무수한 풍운(風雲)이 이로부터 일어남을 어찌 뜻하였으리요. 김양주가 먹을 다 갈고 김 진사를 탁 치며,

"무엇을 그리 정신없이 보고 있소. 어서 어음이나 써서 바치고 갑시다."

"네, 쓰지요. 그런데 5천 냥은 지금 있고 5천 냥은 평양으로 기별을 해서 가져오든지, 그렇지 않으면 내가 내려가야 할 터인데 어찌하면 좋습니까?"

허 판서는 다른 벼슬 팔기에 수단 있는 양반이 아니라, 기왕 김 진사의 본가 허실을 아는고로, 이 말을 듣고 선뜻 허락을 한다.

"응, 그러면 5천 냥 가진 표는 나를 주고, 5천 냥은 어음만 써서 놓았다가 나중에 들여놓게그려."

김 진사가 인지표 5천 냥 어음을 내어 놓고, 또 5천 냥 조는 표를 써서 놓았으나, 허 판서가 받아 연상 서랍에 넣고 웃는 낯으로 김 진사를 쳐다보고,

"내일이면 과천 현감을 할 터이니, 인제는 김 현감이라고 하지."

"황송합니다."

"내일이면 할 터인데, 무슨 관계 있나. 그런데 아까 댁 상노 (上奴) 놈을 보고 무엇이라고 하였나?"

"위인이 하도 얌전하기로 칭찬하였습니다."

"그래, 칭찬한 줄은 알아. 그런데 사위를 삼았으면 좋겠다고 하지 아니하였나?"

허 판서는 속이 있어서 묻는 말이지만, 김 진사는 어찌 그런 속을 알리요. 조금도 의심하지 아니할 뿐 아니라 드디어 황감하여 대답한다.

"네, 그러하였습니다. 소인에게 미거한 여식이 있사온데, 위인이 과히 용렬하지 아니하므로, 신랑을 듣보아 그와 같은 것으로 짝을 지어 주려고, 우금(于今) 열여섯 살이 되도록 시집을 보내지 못하였사온데, 댁 상노를 보온즉 모양이 비슷하옵기에 무심코 속으로 말한다는 것이 대감께까지 입문이 되었습니다."

허 판서가 이 말을 듣고 불 같은 욕심이 일어나며 체면도 돌아보지 않고, 너털웃음을 껄껄 웃으며,

"여보게 김 현감, 나는 그 상노 놈과 등분이 어떠한가?"

"황송합니다."

"황송하다고 할 것이 아니라, 내가 김 현감더러 청할 말이 있으니, 즐거이 들을 터인가?"

"대감의 분부이오면 사차불피(死且不避)[1]오니, 어찌 감히 듣지 않사오리까."

"다른 청이 아니라, 내가 자네 사위가 되고자 하니 어떠한

---

1) 죽어도 피하지 않음.

가?"

"천만의 말씀이올시다."

"천만의 말인 것이 아니라 내 말을 들어 보게. 김양주가 여기 앉아 있지만 김양주는 내 속을 다 아네. 내가 작년에 별실 되는 사람을 죽이고, 인해 가합한 사람이 없어서 지금껏 그저 있는 모양이니, 자네 딸을 내게 줄 것 같으면 자네 딸도 호강을 시킬 것이요, 자네 작은 수령으로만 다니겠나. 감사라든지 참판·판서는 하지 못할라고."

당초에 김 진사가 서울 올 때에는 천금 같은 딸을 위하여 좋은 배필을 얻어 슬하의 낙을 보려 함이더니, 그때는 평안도 사람으로는 벼슬 얻어 하기가 승천(昇天) 적선(謫仙)하기같이 어려운 세월이라. 김 진사가 천만뜻밖에 세가를 만나 출력하고, 또 이와 같이 세도 재상의 농락에 들어 수작을 하여 봄에 헛된 영광에 불 같은 욕심이 나는지라. 스스로 생각하며,

'채봉의 위인이 녹록하지 아니한즉, 제 팔자가 세어 이 부가(富家)에 별실(別室)이나 주어 호강이나 시키고 나는 부원군 부럽지 아니하게 벼슬이나 실컷 하리라.'

하고, 흔연(欣然)[1]히 허락한다.

"미련한 여식을 더럽다 아니하고 이와 같이 하렴하시니 어찌 감히 거역하겠습니까마는, 미거한 것이 감당하는지 그것을 몰라 염려올시다."

"허허, 별소리를 다 하네그려. 내 이야기를 들은즉 평양 사람들이 남녀간 숙성하다는걸 그래. 어느 날 떠나가려나?"

---

1) 매우 기뻐하는 모양.

"내일 내려가서 데리고 오겠습니다."

"그러면 빨리 데리고 올라오게. 그 동안 나는 자네 일을 주선하여 줄 것이니."

김 진사가 대열하여 익일에 허 판서에게 하직하고 평양으로 내려가니라.

이 때 이 부인은 채봉의 혼인을 정하고 김 진사 내려올 동안에 혼수범절을 준비하여 방에서 의복을 마련하고 앉았더니, 김 진사가 내려와 밖으로 들어오며,

"마누라, 어디 갔소?"

하고 마루에 덜컥 앉으니, 이 부인이 그 목소리를 듣고, 손에 잡았던 가위를 집어 던지고 급히 뛰어나오며, 기다렸던 차에 첫 인사로,

"진사님이오! 왜 이렇게 더디 내려오셔요. 나는 그간 애기 혼인을 정하고 내려오시기를 고대하였지요."

김 진사가 혼인 정하였다는 소리를 듣고는 깜짝 놀라며,

"응, 혼인을 정하였다니, 누구와 정하였단 말이오?"

"노독(路毒)[2]도 계실 터이니 방으로 들어와 앉으시오. 차차 이야기를 할 것이니 방으로 들어오시오."

"관계치 않소. 우선 급하니 말을 하오. 그러나 이제도 진사님이야. 내가 그래 참봉 초사(參奉初仕)를 하였는데."

하며, 방으로 들어와 갓과 탕을 벗어 부인을 주니, 부인이 받아 벽에 걸고 반겨 옆에 들어앉으며,

"아이고 반가워라. 올해 운수가 겹겹이 좋구려. 영감 초사를

---

2) 여로에 시달려 생긴 병.

하시고, 애기 혼인 정하고, 그러나 왜 혼인 정하였다는 말을 듣고 깜짝 놀라시오. 그런 것이 아니라 대동문 밖에 사는 장 선천 부사의 아들과 정혼하였다오."

"장 선천 부사의 아들과 정혼하였어? 그 거지 다 된 거 하고. 흥, 기막힌 사위를 정하고 내려왔으니 애기를 데리고 우리 서울로 올라가서 삽시다."

이부인이 이 소리를 듣고 눈이 휘둥그래져서,

"기막힌 사위가 어떠한 거란 말이오?"

하고 묻는다. 김 진사는 연해 허풍을 친다.

"흥, 알면 곧 기가 막히지. 누구인고 하니 사직골 허 판서 댁 세도가 이 천지에서 제일이야."

부인은 이 말을 듣고 일변 끔찍하고, 일변은 기가 막혀 다시 묻는다.

"허 판서면 정실이란 말이오? 부실이란 말이오?"

"정실도 아니오, 부실도 아니오, 별실이라오."

"나는 그러지 못하겠소."

"허 판서 아니라 허의정이라도 왜 못 해."

"영감도 서울 가시더니 환심되셨구려. 전일에는 평생 말씀이 저같이 얌전한 신랑을 택해서 슬하에 두고 걱정 근심이나 아니 시키자고 하시더니 오늘 이게 무슨 말이오. 그래, 그것을 금지옥엽(金枝玉葉)같이 길러서 남의 첩으로 준단 말이오."

"허허, 아무리 남의 첩이 되더라도 호강만 하고 몸 편하였으면 좋지."

"남의 눈에 가시가 되어 무슨 독을 당할지를 몰라 바늘방석에 앉은 것 같아도 호강만 하면 제일강산(第一江山)[1]이란 말이오. 나는 죽어도 그런 호강을 아니 시키겠소."

김 진사가 이 말을 듣고 열이 번쩍 나서 무릎을 탁 치며 큰 소리를 한다.

"그래 그런 자리가 싫어. 조런 복 찰 것 보았나. 딴소리 말고 내 말을 좀 들어 보아. 우선 춤출 일이 있으니."

"무엇이 그런 좋은 일이 있어 춤을 춘단 말이오."

"내가 백두(白頭)[2]로 늙을 것을 우선 허 판서의 주선으로 출력을 하였지. 또 내일 모레 과천 현감을 할 터이니, 채봉이가 그리 들어가 살면 제 평생도 좋거니와, 감사도 있고 참판도 있고 판서도 있은즉, 그때는 마누라가 정경부인(貞敬夫人)[3]은 떼어 놓은 당상(堂上)이니 이런 경사 어디 있소. 두말 말고 데리고 올라갑시다."

이부인도 그 말에 귀가 솔깃하여 하는 말이,

"영감이 기어코 하려 드시면 낸들 어떻게 하겠소마는, 애기가 즐겨서 말을 들을는지 모르겠소."

채봉은 이 때 초당에 앉아 글을 읽더니, 부친의 음성을 듣고 취향을 데리고 내당에 들어오다가 자기 혼잣말 하는 소리를 듣고, 걸음을 멈추고 서서 듣고 말이 그치기를 기다려서 부친 앞에 나와서 날아가듯 절을 하고,

"아버님, 원로에 안녕히 다녀 내려오셨습니까?"

김 진사가 보고 귀한 생각이 나서 한층 더 나서 등을 어루만지며,

---

1) 경치가 매우 좋은 곳.
2) 지체는 높으나 벼슬하지 않은 양반.
3) 조선 시대 때 정·종이품의 문무관 아내의 작봉.

"오! 잘 있었더냐? 그래 그간 글공부도 더 하고, 바느질도 많이 익혔느냐?"

하고 부인을 쳐다보고 벙글벙글 웃으며,

"여보 마누라! 참 애기가 이제는 여공을 배워도 쓸 데가 없구려, 침모(針母)가 있어서 다해서 바칠 터이니."

채봉이 얼굴을 숙이니, 양볼에 도화 기운이 띠었더라. 김 진사가 다시 채봉을 보고,

"아가, 너 거상(巨相)의 별실이 좋으냐, 여염집 부인이 좋으냐? 아비 어미 있는데 부끄러울 것 무엇 있니. 네 소원대로 말해라."

채봉이가 예사 여염집 처녀 같으면, 이런 말에 대하여 아무리 부모의 말일지라도 무엇이라고 대꾸를 하여 대답하리요마는, 채봉은 원래 학식도 있을 뿐외라, 장생의 일이 잠시도 잊혀지지 아니하더니, 부모의 하는 말을 들은 터이라 조금도 서슴지 않고 안색을 바로 하고 대답하되,

"차라리 닭의 입이 될지언정 소의 뒤가 되기는 원이 아니올시다."

"허허! 그 자식 네가 남의 별실 구경을 못 해서 이런 소리를 하나 보다마는, 별실이야 참 세상에 그 같은 호강은 또 없느니라."

이부인이 말을 가로막아 김 진사를 쳐다보며,

"영감은 어린 자식에게 별 말씀을 다하시는구려. 계집의 자식이란 것은 바깥 부모의 하시는 대로 좇아가는 법이지. 아가 너는 네 방으로 가거라."

채봉을 보내고 두 내외가 서울로 올라갈 의논을 하고, 그날로

가장집물(家藏什物)[1]을 방매하여 상경할 행장을 차리니라.

　이 때 채봉이 초당으로 나와 장씨의 일을 생각하고 홀로 탄식하되,

　"부운 같은 이 세상에 부귀공명이 무엇인고. 그와 같이 나를 사랑하던 우리 부모가 일조에 날로 하여금 신의를 배반하고 천첩의 몸이 되게 하려 하니 가엾고 한심한 일이로구나. 부모는 부귀에 눈이 어두워 그러하거니와, 나는 여자의 몸이 되어 한번 허락한 마음을 변하지 아니하여 잠깐 동안 부모의 근심을 끼칠지라도, 내 몸이나 불의지죄(不義之罪)[2]를 면하리라."

하는데, 눈물이 옷깃을 적신다. 이윽고 한 꾀를 생각하고 취향을 대하여,

　"이애, 취향아! 내가 너를 몇 해 동안 친형제같이 알고 지낸 터이어니와, 내 억울한 사정을 알 사람은 너밖에 없구나. 장씨의 일은 너도 아는 바이어니와, 아무리 부모의 분부인들 그런 중한 언약을 오늘날 배반할 수 있나. 이를 어찌하면 좋을까?"

　"글쎄올시다. 당초에 서울서 정혼을 하고 오시더라도 퇴혼을 하겠다고 말씀하시던 마님께서 마음이 변하였으니, 아마 소저는 서울 마나님이 꼭 되는 길밖에 없을까외다. 그러나 올라가시면 그만이지마는, 나는 이 바닥에서 살며 장씨를 무슨 낯으로 봅니까."

　채봉이 이 말을 듣더니,

　"이애, 그렇지 않는 도리가 있다."

하고 취향의 귀에 입을 대고 무슨 비밀한 말을 하고 다시 말을

---

1) 집안의 온갖 세간.
2) 의롭지 못한 언행으로 지은 죄.

이어,

"아무리 생각해도 그리할 수밖에 없으니, 가다가 중로에서 몸을 피할 터이니, 너는 어멈하고 뒤를 밟아 오너라."

취향이 고개를 까딱까딱하고,

"그러시면 진사님과 마님께서 오죽하시겠습니까. 그러나 소저 생각이 그러하시면 시키는 대로 하지요."

익일 오경(五更)[1]에 발정(發程)[2]할새, 취향이 손을 잡고 이별하거늘, 주머니에서 돈 50냥을 주며 은근히 부탁하되,

"이걸로 노자를 삼아 부디 어젯밤 약속을 잊지 말고 따라오너라."

총총히 작별하고 교군에 올라앉으니, 김 진사와 이부인이 속도 모르고 채봉의 마음 돌림을 만분 다행하여 곧 발정하더라.

이날은 전후 분별하느라고 자연 해가 오시(午時)나 되었으니, 이튿날 떠나도 좋으련마는, 김 진사 생각에는 하루가 바빠서 급히 떠난 터이라. 중화지경 들어서서 만리교에서 해가 저물거늘, 조용한 주막을 얻어 이 부인과 채봉은 안으로 들어가고 김 진사는 밖에서 쉴새, 밤이 삼경쯤 되어 사면에서 으악 소리가 나면서 화광(火光)이 충천(沖天)하거늘, 김 진사가 누웠다가 깜짝 놀라 일어나 나와 보니, 사면에 화적(火賊)이 물밀 듯 들어오며 사람을 만나는 대로 죽이는데, 집 안에 있는 사람은 벌써 어디로 도망하고, 개새끼 하나 볼 수 없는지라. 창황망조(蒼皇罔措)하여 급히 안으로 들어가니, 이부인과 채봉은 간데없고, 처처에 들리나니 곡성뿐이라. 어찌할 줄을 모르며 연하여,

---

1) 오전 3시에서 5시까지에 해당함.
2) 길을 떠남.

"채봉아, 채봉아."

하고 부르는데, 화적은 벌써 그 집으로 가까이 왔는지라. 방에 있는 행장은 미처 집어내지도 못하고 담을 넘어 밖으로 나와서, 곡성 나는 쪽을 바라보고 쫓아가며 뒤를 돌아보니, 벌써 자던 집은 불덩어리가 되었더라. 김 진사는 행장에 있는 돈 생각은 둘째요, 이부인과 채봉을 목이 터지도록 부르며 쫓아간다. 이 때 이부인은 채봉을 데리고 자다가 주인 마누라가 깨우는 소리에 깜짝 놀라 일어나니, 옆에 누웠던 채봉은 간데없고, 사면에 화광이 충천하여 낮같이 밝으며 아우성 소리가 귀를 때리는데, 아무 정신을 못 차려 주인 마누라에 이끌려 뒷문으로 나와 달아나는데, 남녀가 섞여 피란하는지라.

　이부인은 영감과 채봉이가 섞여 달아나는 줄 생각하고, 급히 가며 채봉을 부르다가 대답이 없으면 김 진사를 부르며 따라가는데, 뒤에서 채봉이 부르는 소리가 들리거늘, 급히 고개를 돌리며 마주 채봉을 부르니, 김 진사가 앞에서 마주 부르는 소리를 듣고 급히 뛰어오니, 또한 채봉은 보이지 아니하고 부인뿐이라. 이 부인을 붙들고,

"채봉이 어디 갔소? 아이고 이 일을 어찌하면 좋단 말이오."

"나도 영감과 채봉을 찾느라고 여기까지 오는 길인데, 채봉이가 어디를 갔단 말이오? 사람 중에 섞였나 좀 찾아봅시다."

　두 내외가 손을 마주잡고 지척을 분별하지 못하는 밤길에 허둥지둥하며 채봉을 부르니, 채봉은 벌써 평양길을 향하여 간 지 벌써 10리나 상거(相距)³⁾가 되었는지라. 누가 대답을 하리요.

---

3) 멀리 떨어져 있는 사이.

사람의 자취는 멀어지고 부르는 소리만 기진하여진다. 두 내외 땅에 털썩 주저앉으며,

"에구머니! 이 일을 어찌한단 말이냐. 우리 채봉이가 죽었구나. 죽지 않았으면 도적에게 잡혀갔을 터이니, 이 노릇을 어찌한단 말이오."

이와 같이 기가 막혀 탄식하더니, 이 때 도적놈들이 노략질을 다 하여 가지고 평양으로 돌아가고, 피난꾼들도 동네의 불을 끈 후에, 주인 노파가 김 진사 내외를 찾아 데리고 집으로 돌아오니, 이부인은 다시 정신을 차려 자던 방으로 급히 들어가 채봉을 찾고, 김 진사는 급히 바깥방으로 들어가 보니, 도적이 벌써 행장을 풀어 헤치고 재산을 다 가져간지라. 김 진사는 눈이 캄캄해져서 방바닥에 가 털썩 주저앉아 부담을 안고,

"애고애고."

하는데, 이부인이 채봉의 행장을 안고,

"채봉아, 채봉아! 너는 어디 가고 쓰던 세간만 있단 말이냐. 죽었느냐 살았느냐. 죽었으면 잊기나 하련마는, 살아서 도적에게 붙들려 갔으면 고생이 오죽하랴."

하며 뼈가 녹는 듯 울고, 김 진사는 다시 부인을 붙들고 우니, 주인 노파가 옆에서 보다가 위로하되,

"우지 마시오. 이런 일이 일시 액운이라. 가엾은 말씀 어찌다 하겠소마는, 이곳이 도적이 심한 데라. 여간 재물 잃고 자식 잃은 사람이 비일비재(非一非再)[1]외다. 차역 운수이니 울으시면 무엇 하시오."

---

1) 한두 번이 아님.

하고 물러나니, 부인은 이날 밤을 이렇게 새이는데, 김 진사의 마음에는 당장 생각하면 자결이라도 하고 싶으나, 사람이 허욕에 뜨이면 눈앞이 어두운 법이라. 홀로 생각하되,

'서울에 5천 냥 맡긴 것이 있고, 겸하여 과천 현감은 그간 되었을 터이니, 몸이 귀히 된 후 채봉도 수소문하여 찾고 재산도 다시 모으리라.'

하고 여간 나머지 행구를 팔아 노수를 삼아 두 내외가 도보로 서울을 올라가니라.

김 진사 내외가 상경하여 이왕 객주집으로 사관을 정하고, 이튿날 허 판서를 가서 보니, 허 판서가 김 진사를 보고 반겨,

"아! 김 현감 오시나. 그래 올라오는데 노독이나 아니 났나? 자 우선 급한데 과천 현감을 구경하려나."

하더니, 문갑에서 칙지를 내어 주는지라. 김 진사가 칙지를 보고 가슴이 주저앉으며 혼 빠진 사람처럼 앉아서 눈물만 흘리고 받지를 못한다. 허 판서가 거동을 보고 껄껄 웃으며,

"왜 그래? 너무 반가워서 그러하지."

김 진사가 일어나 절을 하여 칙지를 받아 앞에 놓고,

"대감 혜택으로 천은을 입었습니다마는, 운수가 불길하여 올라오다가 죽을 풍파를 겪고 올라왔으나, 대감 뵈올 낯이 없습니다."

허 판서가 깜짝 놀라며,

"응, 그게 무슨 소리냐? 풍파를 겪다니?"

김 진사가 전후의 말을 다하니, 허판서가 별안간 눈이 실죽하여지며, 조금도 가엾은 생각이 없이,

"허! 이런 맹랑한 놈 보아! 제가 어찌하였든지 과천 현감은

할 터이니까, 내려갈 때에는 허락을 다하고 지금은 딴소리를
해."

하며, 부르르 놀라는 체하고 김 진사의 얼굴을 훑어보며,

"대단히 놀라운 말일세. 재물은 도적이 가져갔거니와, 딸이
야 못 찾아 가지고 온단 말인가?"

"아무리 찾아도 찾을 수가 있어야지요. 대감 위력이나 빌어
가지고 찾고자 하여 올라왔습니다."

허 판서가 발연변색(勃然變色)[1]하여 대성으로 꾸짖어 가로되,

"이놈, 부모가 되어서 난중에 자식을 잃고 찾을 생각도 아니
하고, 뉘 위력을 빌어서 찾으려고 내버리고 왔어. 맹랑한 놈."

하더니, 하인을 불러서 구류를 시키라 하며,

"이놈, 네 딸을 데려오든지, 그렇지 않으면 돈 5천 냥을 마저
바치든지 해야 무사하리라. 이놈아, 이따위 소리를 뉘 앞에서
하느냐. 시골 내려간 동안에 주선을 다 해서 주마고 하였더니,
현감은 할 터이니까, 지금 와서 그까짓 소리를 한단 말이냐."

하고, 다시 말할 새 없이 가두더라. 이 때 이부인은 사관에 혼
자 앉아서 채봉을 생각하고 눈물을 흘리며 김 진사 나오기만을
기다리는데, 이날 밤이 지나고 또 하루가 지나되 김 진사가 아
니 나오는지라. 마음에 의혹이 들어 사람을 얻어 보내 알아보
니, 약시약시한 일로 갇혔단 말을 듣고, 가슴이 오뉴월 장마에
토담 무너지는 듯하고 눈이 캄캄하여,

"에구머니."

하는 소리에 엎드러져서 까무러치는지라. 식주인이 이 거동을

---

1) 왈칵 성을 내어 얼굴빛을 변함.

보고 더운물을 먹이며 사지를 주무르니, 한식경이나 되어 정신을 차리고 길게 한숨 한 번 휘 쉬고 하수 같은 눈물이 옷깃에 떠벅 떨어지며,

"애고, 이게 웬일이냐. 자다가 얻은 병인가, 졸다가 얻은 병인가. 이제는 속절없이 채봉의 소식도 못 알아보고 죽겠구나."

"어떻게 된 일이오?"

하고 식주인이 물으니, 이부인이 전후 설화를 다함에 식주인이 혀를 홰홰 두르며,

"애고 가엾어라. 이런 것은 돈 주고 얻은 병이구려. 바깥양반 좀처럼 나오실 수 없소. 이런 일이 한두 번이라고. 대단히 어렵소. 필경 돈을 해서 넣든지, 따님을 찾아 넣든지 해야 나오지, 그렇기 전에는 댁일이 썩 상하였소."

이부인이 더욱 눈물을 흘리며,

"그러면 돈은 할 수 없고, 딸을 찾을 수 없으니……"

"볼일은 다 보았구려. 그것 참 안되었소이다. 그러나 세상일은 알 수 없소. 평양으로 내려가 찾아보오. 여기는 오만 날 있어도 소용없소."

이부인이 이 말을 듣고 가만히 생각한즉 그럴듯도 한지라.

"주인의 말이 당연하오. 그러나 노비가 없으니 어떻게 500여 리를 내려갈 수가 있소. 어렵지만 이것을 좀 팔아다가 주시오."

하고 머리의 비녀를 빼어 주니, 식주인이 받아 가지고 나가더니 팔아다 주거늘, 부인이 받아 가지고 평양으로 내려가더라.

대거 세상에 근심과 고생은 공교한 기회에서 생기는지라.

이 때 채봉은 취향과 약속한 후 만리교에서 이 부인이 잠든 사이를 타서 도망하여 취향과 취향 어미를 데리고 평양으로 도

로 내려와 취향의 집에서 있으며, 부친의 기별을 기다리고, 차차 길을 얻어 장씨에게 통하려고 우선 서화(書畵)에 낙을 붙이고 있으니, 대개 채봉이는 만리교에서 화적이 들기 전 두어 식경이나 앞서 도망한고로, 김 진사가 그 지경이 된 줄은 모르고 있더라. 이 때 부인이 주야 열흘 만에 평양에 당도하니 어디로 가리요. 속으로 생각하되,

'애기가 이리로 오면 필연 취향의 집으로 왔을 터이니, 취향의 집으로 찾아가는 것이 옳다.'

하고 대동문을 들어서며 좌우를 돌아보고, 우얼 탄식하는 말이,

"산천과 물색은 의구하다마는 나는 불과 1삭 동안에 행색이 이렇게 초췌하여졌단 말이냐?"

이렇듯 한숨지으며 애련당 고을에 들어서서 취향의 집으로 들어가니, 이 때 채봉은 취향을 데리고 선후 방침을 의논하며 앉았는데, 이부인이 안으로 들어오며 취향부터 부른다.

"취향아, 취향아!"

채봉과 취향이 부인의 음성을 어찌 모르리요. 한걸음에 우르르 뛰어나오는데, 이부인이 미처 채봉은 보지 못하고 앞선 취향부터 보고,

"취향아, 우리 댁 아기씨 여기 왔니?"

채봉이 급히 이 부인의 손을 잡고,

"어머니, 나 여기 있소."

이 부인이 얼싸안고,

"이 일을 어찌 하면 좋단 말인가. 우리 집이 오늘날같이 불시에 망할 줄을 꿈에나 생각하였을까."

채봉이 이 말을 듣고 소스라쳐 놀라 울며,

"망하다니! 불초녀(不肖女)[1]로 무슨 풍파가 났소?"

이부인이 정신을 진정하고 방으로 들어가 앉으며,

"어떻게 되어서 네가 이리로 왔니?"

채봉이 부인의 행색을 보고, 이 말에는 대답을 아니하고 도리어 묻기부터 한다.

"글쎄 어머니, 나 여기에 온 것은 장차 이야기할 것이니, 어머니의 이야기부터 하시오. 아버지는 어디 계시며, 어머니는 무슨 일로 이렇듯이 혼자 오시오?"

하는데, 부인은 한참 동안 가슴이 답답하여 앉았다가, 만리교에서 도적을 만난 일과, 서울에 갔다가 허 판서가 영감을 가두고 으르고 공갈을 하던 말을 다 하며,

"이를 어떻게 하면 좋으냐? 돈을 5천 냥을 하여 놓든지, 너를 데려오든지 하라 하니, 너는 아버지를 살리려거든 나와 같이 서울로 올라가자."

채봉이 이 말을 듣고 눈물을 머금고 지난날 만리교 주막에서 취향과 약속하고 밤중에 도망하여 온 말을 대강하고,

"어머니, 나는 죽어도 서울 올라가기는 싫소. 이 자식은 죽은 걸로 아십시오."

"네가 아니 가면 아버지는 아주 돌아가시란 말이냐. 너를 찾아 놓든지, 돈을 해서 놓아라 하니, 너라도 가야지."

채봉이 묵묵히 앉아서 홀로 사세를 생각하니,

'가련한 부모는 이미 범의 아구리에 들었으며, 가산은 탕진 무여하고, 이 몸은 죽어도 먹은 마음 변할 생각이 없으니 이 일

---

1) 딸이 부모에 대하여 자기를 낮추어 일컫는 말.

을 장차 어찌하리요. 내가 올라가면 장씨의 죄인이 될 것이요, 돈도 못 하고 나도 아니 올라가면 부모는 환란을 면하지 못할 것이니 차라리 이 몸이 죽고 모를까. 죽으면 나는 허물이 없는 사람이 되려니와, 늙고 병든 부모는 속절없이 죽는 사람이라. 죽기도 살기도 어려우니 슬프다. 천지가 광활하나 가련한 박명 여자의 한 몸을 용납할 곳이 없는가. 세상에 뉘가 만일 돈을 주어 내 부모를 구하게 하는 사람이 있으면, 나를 데려다가 종 노릇을 시키거든 종 노릇을 하고, 기생 노릇을 시키거든 기생 노릇이라도 하리라.'

이와 같이 결심하니, 세상에 한없는 것은 눈물이라. 어린 간장을 녹여 뜨거운 눈물이 되어 옷자락에 떨어진다. 채봉이 안색을 천연히 하고 모친을 대하여,

"그러면 돈을 하여 드릴 터이니 어떠하시오."

"네가 5천 냥 돈이나 되는 것을 어떻게 판비(辦備)¹⁾를 한단 말이냐?"

"네, 염려 마시고 며칠만 기다려 보시옵소서."

하고 창연히 하수 같은 눈물을 흘리며 앉았는데, 부인은 일희일비(一喜一悲)하여 의혹(疑惑)이 만단(萬端)²⁾하여, 다만 채봉의 눈치만 보고 앉았고, 채봉은 치맛자락을 들어 시름없이 흐르는 눈물만 씻는다. 채봉이 취향을 돌아보며,

"취향아! 어머님 어디 갔니? 좀 불러라."

"어머님이 봉선의 집에 가셨소."

"좀 불러라."

---

1) 마련해서 준비함.
2) 갖가지 얼크러진 일의 실마리.

취향이 밖으로 나가더니, 한식경이나 되어 어멈과 같이 돌아오니, 취향모가 이부인을 보고 깜짝 놀라며,

"애고 마님, 웬일이십니까?"

하는데, 부인이 서글프게 탄식하고,

"허, 우리 집은 기둥뿌리 하나 없이 졸지에 이 지경이 되었으니까 말이 아니 나오오."

"네, 왜 그렇게 되셨어요? 벼슬하러 올라가신다더니. 그러나 아가씨 못 보아 오죽 그리워하겠습니까."

채봉이 취향모를 바라보며,

"내가 어멈에게 청할 말이 있으니, 힘을 좀 쓰려나."

"무슨 청이시오?"

"부끄러워서 말이 아니 나오네마는, 내 몸을 좀 팔아 주게."

취향모가 이 말을 듣고 펄쩍 놀라며,

"애고 무슨 말씀이오. 공연히 망년의 말씀을 하시는구려."

"정말일세."

채봉이 전후 사연을 다 말하니, 취향모 역시 눈물을 흘리고,

"아이고! 딱해라. 댁이 어떻게 하여 오늘 이런 변화가 납니까. 그런데 팔리면 어떻게 팔리셔요?"

"지금 형편이 이러하니, 돈이 쉬이 되도록만 주선을 하게그려."

"기생이나 되시려면 돈이 쉬이 나오지만."

"박복(薄福)[3]한 인생이 무엇을 관계하겠나. 기생으로 팔릴 것이니 어디 가합한 곳이 있나?"

---

3) 복이 없음. 팔자가 사나움.

"그렇기로 기생 노릇을 어찌하려오. 한 자리가 있기는 있지요."

"어디인가?"

"지금 봉선의 집으로 갔더니, 봉선 어미가 봉선을 팔아서 서울로 보내고 집이 비었는데, 기생 하나를 사지 못하여 하던데요."

"그러면 주선을 하게."

이 부인이 옆에 앉아서 이 말을 듣고 한심을 하고 분한 생각이 나서 채봉을 돌아보며,

"이애, 나는 네 일을 알 수가 없다. 재상의 별실은 싫고 기생 노릇 하기가 원이란 말이냐. 내가 너를 길러 마땅한 사위를 얻지 못하고 기생을 만든단 말이냐. 네가 정말 아비를 살릴 생각이 있거든 나와 같이 올라가자."

"나는 기생이 될지언정 재상의 별실은 소원이 아니오."

"애기씨, 무슨 말씀을 그렇게 이상히 잡수시오."

"그러지 마시고 마님과 서울로 올라가시오."

"나는 살아도 평양, 죽어도 평양, 다른 마음이 없으니, 부질없이 권하지 말게."

대저 채봉은 속으로 생각하는 일이 있어서 이리 하지만, 이부인과 취향모는 도리어 못마땅하게 알더라. 취향모는 어찌할 수 없어 봉선 어미 집으로 가서 이 말을 하니, 채봉의 자색과 서화의 재조가 이름난 터이라. 봉선 어미가 듣고 불승대희(不勝大喜)하여,

"취향 어미, 정말이오?"

"그러면 정말이지, 어떤 소리라고 거짓말하겠소."

"정말이면 좋기는 한량없이 좋소. 그런데 돈은 얼마나 달라고 합더이까?"

"그런 것은 대면하여 의논하구려. 봉선이는 얼마에 팔았소? 그 가량이겠지."

"7천 냥에 데려갔소."

"어찌하였든지 같이 가서 의논을 합시다."

하고 봉선 어미를 데리고 취향의 집으로 오니, 채봉이 봉선 어미를 보고,

"봉선 어머니 오시오. 청하기는 다름이 아니라, 내가 기생이 되고자 하니 마음에 어떠하시오?"

"좋기는 하지마는 정말인지 알 수가 없습니다."

"정말이오. 취향 어미에게 대강이라도 들으셨지요?"

"그래 들었소만, 그러면 돈은 얼마나 주리까?"

"6천 냥만 주시오."

봉선 어미가 껄걸 웃으며,

"그리하지요. 봉선이가 가더니 채봉이가 오니, 내가 봉하고는 인연이 대단한 모양이로군."

하고, 집으로 가서 돈 6천 냥을 갖다가 주고 이 부인의 표를 받아가니, 이 부인은 하도 어이가 없어서 속으로,

'저런 복 찰 년 어디 있나. 오냐 나는 모르겠다.'

하면서도 모녀 정리라. 천륜이야 어찌하리요. 채봉의 손을 잡고,

"아가, 정말 이렇게 마음을 먹느냐? 네가 평생에 장씨를 지키겠노라 하더니, 오늘 네 거동을 보니 어디 장씨를 지키는 것 같으냐?"

"어머니는 이 자식 생각하지 마시고 서울 가서 아버지나 나오시게 하시고 나오오."

만리교에서 불에 타 죽었다 여기라며, 돈 5천 냥을 주고 또 500냥을 주며,

"5천 냥은 아버지 나오시게 하고, 500냥은 나오시거든 노자로 쓰시고 내려오시오. 500냥은 내가 쓰겠소."

이부인이 하릴없이 영감이나 구해 내고 차차 조처하리라 하고, 눈물을 씻고 돈을 받아 가지고 서울로 올라가니라.

채봉이 모친을 이별하고 봉선어미 집으로 들어와 기생 노릇을 시작할새, 우선 이름을 송이라 개칭하니, 이는 대개 스스로 절개를 솔에 비하여 장생의 언약을 변하지 아니하려 함이라. 그러나 속 모르는 기모(妓母)는 춘삼월 호시절에 피어나는 꽃송이로 생각하고 더욱 사랑하여 사방에 광파(廣播)[1]하니라.

이 때 평양 소년들이 송이라 하는 기생이 새로 나왔는데, 인물도 똑똑할 뿐외라 서화가 분명하다는 말을 듣고 한번 보기를 원하는데, 송이는 모두 불응하여 이상한 문제를 내어놓았으니, 그 문제는 다름이 아니라 '권군막상양대몽 노력고서입한림'이라 하는 글귀를 알아보기 좋게 써서 방문 위에 붙이고, 또 주서(注書)하되,

"이 시를 답한 것이 어떻게 한 시를 대하여 이와 같이 답장한 것을 알아내는 사람이라야 몸을 허하리라."

하였더라.

대저 이는 전날 장필성에게 답한 바라. 하늘도 모르고 땅도

---

1) 두루 펴뜨림.

모르고 귀신도 모르고, 아는 사람은 다만 채봉과 장생뿐이라. 뉘가 능히 해득(解得)[2]하리요. 평양 바닥의 모든 사람들이 이것을 알아내어 한번 상관하기를 원하니, 한 사람이 열 사람에게 물어 보고, 열 사람이 백 사람에게 물으니, 외입하는 사람이나 아니라 하는 사람이나 입으로 외이기를 중의 나무아미타불 부르듯 하되, 아무도 맞히는 자가 없으니, 대저 기생 어미는 나룻배 부리는 사공과 일반이라. 한 번이라도 더 태울대로 부르고, 한 사람이라도 더 타도록 내리기를 좋아하는 터에 하물며 중가(重價)를 주었는데, 첫 개시부터 형편이 이러하니, 이 시로 인연하여 봉이 아니던가 하여 불쾌히 여기지만, 송이는 원래 서화가 분명한고로 서화를 받아 가는 데 공전이 적지 아니하니, 기모는 속으로 생각하되,

'서화를 받아 가는 공전이 이와 같이 많으니, 글귀를 풀어 내는 사람이 있어 머리를 얹어 주면 그 후로는 생기는 것이 불소할 터인데, 평양 바닥에 이렇게 글이 없나?'

하고, 은근히 글귀를 풀 사람을 기다리니라. 이 때 장필성은 김 진사가 서울에서 오면 혼인을 하려 하고 고대하더니, 김 진사가 내려와서 이 말 저 말 없이 서울로 모두 살러 갔다는 소리를 듣고 낙심천만하여 속으로,

'세상의 인심은 난측(難測)[3]이라.'

하고, 마음을 단단히 먹고 단념하고 가끔 채봉이가 보낸 답서를 보며 심사가 불평하더니, 하루는 한 친구가 와서 송이의 문제를 말을 하고,

---

2) 깨우쳐 앎.
3) 측량하기 어려움.

"한번 생각해 보라."

하며,

"이런 시가 혹 이전에 있기는 한가?"

하는데, 장필성이 이 시를 보니, 전날 김 진사 집 동산에서 취향이 손으로 전하던 채봉의 시라. 한참 들여다보며 홀로 생각하되,

'세상에 알 수 없는 일도 있다. 이 글은 나와 채봉 이 외에는 알 사람이 없는데, 어찌 기생의 방에 붙었으며 그 기생이 어떠한 계집이기에 글 푸는 사람을 구하기는 무슨 까닭인고. 내 한번 그를 보고 허실을 알아보리라.'

하고 겉으로 모르는 체하며,

"글쎄, 아무리 생각하여도 알 수 없네그려."

하고 보내고 궁금증이 나서, 곧 송이의 집으로 찾아와서 기생 어미를 보고,

"내가 글귀를 알아낼 터이니 어떠하오."

기생 어미가 밤낮 일로 걱정하다가, 이 말을 듣고 불승대희하여 쫓아 나가 보니, 의복이 초라한 사람이라. 심중에 미흡[1]하여 필성을 한참 유심히 보더니,

"한 번도 뵈온 적이 없사온데, 댁이 어디셔요?"

"나는 대동문 밖에 사는 장서방이요."

기생모가 장씨를 데리고 들어오는데, 필성은 뒤에 서고 기생모는 앞을 서되 송이의 방으로 들어가며 기생모가 송이를 불러,

"송이야! 대동문 밖에 사는 장서방님이 글귀를 해석하마 하

---

1) 흡족하지 못함.

셨으니 청하여 들어 보아라."

송이가 적적히 앉아서 붓으로 매란을 그리고 있더니, 대동문 밖 장서방이라는 말을 듣고 별안간 무색한 빛이 생기니, 이는 다름아니라 장차 정인(情人)을 만나 제 소원을 이루게 되었으니, 전일을 생각하고 오늘을 생각하니 분하고 무안한 생각이 나더니. 송이가 벌떡 일어서며,

"그러면 들어오십사고 하시오."

기생 어미가 필성을 바라보며,

"그러면 이리 들어오셔서 말씀을 하시오."

필성이 방으로 들어서며 우선 아랫목에 앉은 기생을 보니 갈데 없는 김 진사의 딸이요, 문 위에 붙인 글을 보니 채봉의 필적이 분명하다. 송이는 들어오는 필성을 보니 갈 데 없이 그리고 기다리는 필성이라. 서로 무색하여 한참 앉았다가, 송이가 아니 나오는 목소리로,

"글귀를 푸신다니 말씀하시오."

하니, 이는 기생모가 보는데 감히 사색을 내지 못함이러라. 필성이 그제야 송이를 바라보며,

"내 의견껏 하여 보지만 기생의 주견(主見)[2]과 적합할는지?"

하고, 수건에 써서 치향이 주었던 말을 달리 비유하여 글귀를 말하니, 송이가 눈에 눈물이 가랑가랑하여지며 얼굴을 겨우 들어 기생 어미를 쳐다보고,

"장서방께서 맞히셨습니다."

기생 어미는 오래 기다린 터에 해석한 것만 다행히 여기고,

---

2) 주장되는 의견.

아무 내력을 모르지만, 양인심사(兩人心事)를 양인지(兩人知)라. 필성과 송이는 서로 심사를 짐작한다. 그러나 필성이는 채봉이가 무슨 일로 이처럼 됨을 몰라 궁금하고 무료하여 앉았더니, 송이가 어미를 보고,

"어머니, 내가 할말이 있으니까, 오늘은 장서방을 뫼시고 할 터이니, 장국이나 장만하여 주시오."

기생 어미는 급히 나가서 장국을 마련하여 속으로,

'장씨가 넉넉지 못한 모양인데 마수거리[1]에 허탕이 아닐까. 오냐! 그래도 관계없다. 차후로는 송이가 외입을 개시할 터이니, 봉이나 지지 않다.'

하고 장국을 장만하여 겸상을 하여서 들여다놓으며,

"세상에 글이라 하는 것이 보배올시다. 오늘 장서방께서 저런 꽃 같은 기생을 글 아니면 머리를 쪽지어 주시겠습니까."

하고 나가니, 송이가 더욱 아미를 숙이고 얼굴이 붉어졌다가 겨우 진정하고 겸상한 장국 한 그릇을 내려놓으며,

"서방님은 전일 생각을 잊지 않으셨는지 모르되, 첩은 오늘 몸이 기생이 되었으나 조금도 실신(失身)[2]한 일이 없으니, 더럽다 마시고 장국을 잡수신 후 오늘 가약을 이루실 줄 아시옵소서. 첩의 몸이 이와 같이 됨은 밤이 늦은 후 말씀하오리다."

필성이가 장국 그릇을 집어 올려 놓으며,

"전자 일은 말할 것 없이 자네가 이와 같이 됨은 다 내 불행이라 정화(情話)[3]는 있다 하려니와, 이제는 아주 파탈하고 같이

---

1) 첫 번으로 물건을 파는 일.
2) 정조를 잃음.
3) 남녀 사이의 정다운 이야기.

먹세."

송이는 옥루가 떨어짐을 깨닫지 못하고, 억지로 두어 젓가락 먹은 후 상을 물리고 밤을 지낼새, 때는 정이 모춘 삼월이라. 만화방창(萬化方暢)[4]에 화기난만(和氣爛漫)[5]하고, 서천에 밝은 달이 사창을 비치고, 동산에 우는 두견 불여귀(不如歸)[6]를 화답하니, 사람의 심사 창연(愴然)[7]하다.

대저 채봉이 전날 후원에서 꿈결같이 만난 후로, 심중에 있는 장씨를 이와 같이 만나기는 오늘이 처음이라. 전날에는 요요(寥寥)[8]한 별당 후원에서 규수의 몸으로 만났거니와, 오늘은 기생의 집에서 기생의 몸으로 대하니, 내 마음은 일편빙심(一片氷心)[9]이 금석(今昔)[10]이 일반이언마는, 장씨의 생각이야 어떠한지도 알 수 없고, 또 장씨의 생각에도 나는 오히려 전일사를 생각하여 한없이 반갑다마는, 기생 된 사람의 생각이 어떠할지 몰라 적적한 방 가운데 둘이서 한참을 마주 보며 앉았다가 필성이가 먼저 말을 한다.

"전일에는 규수라, 함부로 말을 하지 못하였지마는, 오늘은 송이로 대접할 수밖에 없네. 그래 송이 어찌해서 기생으로 나왔어?"

송이가 이 말을 들으니, 금석지탄(今昔之嘆)을 견디지 못하여

---

4) 봄이 되어 만물이 번화스럽게 자라남.
5) 온화한 기운이 많이 흩어져 성함.
6) 소쩍새.
7) 매우 새파란 모양.
8) 괴괴하고 쓸쓸함.
9) 한 조각의 맑고 깨끗한 마음.
10) 지금과 옛적.

뜨거운 눈물이 치마 앞자락에 떨어진다. 장필성이 이 거동을 보고 속으로 마음을 짐작하고 도리어 측은하고 분한 생각이 들어 위로한다.

"여보게, 자네 몸이 오늘 기생이 되었으나, 전일 후원에 맹세한 마음은 조금도 변하지 아니하리니, 안심하고 무슨 일로 이와 같이 된 이야기를 하게."

송이는 수건으로 눈물을 씻고,

"군자께서 이처럼 말씀하시니 더욱 불안하외다. 첩이 전일에는 규중 처녀라 정실로 인정하셨거니와, 오늘은 기생의 몸이 되었사오니 어찌 정실로 알아주리까. 이 몸은 비록 빙옥(氷玉)¹⁾같이 가졌지마는, 정실이라 하는 것은 여자의 목숨이라. 첩인들 모르리이까마는, 몸이 죽을 지경에 들어 죽지 아니함은 죽어도 잊지 못하는 님을 위함이요, 또 첩은 비록 부모로 인하여 기생으로 팔렸사오나, 몸이 일만 번 죽어 수화에 들지라도 수절(守節)²⁾ 두 자를 지킬 터이니 버리시지 말으심을 바라나이다."

"그는 염려하지 말게. 자네 마음이 이러할진대 나도 정남(貞男)³⁾ 두 자를 가져 서로 저버리지 아니할 것이요, 비록 자네의 몸이 일시의 액운으로 이와 같이 되었으나, 마음이 변하지 않는 줄을 아는 바이니, 나는 정실로 맞을 터이라. 그러나 걱정은 내 집안 형세가 빈한한즉 자네 몸을 빼내어 올 도리가 없네그려."

"그것은 염려하지 마시오. 첩이 형편을 보아 차차 주선하오리이다."

---

1) 맑고 깨끗하여 아무 티가 없는 것.
2) 정절을 지킴.
3) 동정(童貞)을 깨뜨리지 않은 남자.

처음에는 서로 서먹하여 자세한 말을 하지 못하다가, 이와 같
이 정화를 타파하매, 일야지간(一夜之間)[4]에 몇십 년 살던 부부
같이 정밀하였더라. 필성이 또 묻는다.

"무슨 일로 이렇게 되었단 말인가? 나는 처음에 서울로 반이
한단 말을 듣고 속으로 세상 인심을 난측이라 한탄하였네그
려."

"처음에 군자께 분란 당한 말씀을 아니함은 군자의 마음을
모름이려니와, 이제야 무슨 말씀을 하지 못하오리까."
하고, 채봉이 당초에 김 진사가 서울에서 내려와 하던 말이며,
이 부인과 자기는 반대하다가, 이 부인은 호강한다는 데 마음이
변하여 서울로 데리고 올라가던 말과, 뒤로 은근히 취향과 약속
하고 만리교 주막에서 밤중에 도망한 말이며, 김 진사 내외는
도적을 만나 재산을 잃고 올라갔다 허 판서가 5천 냥 돈을 해서
놓든지 자기를 찾아오든지 하라 하고 부친을 구류하였기로 모
친이 찾아 내려온 일과, 자기가 몸을 팔아서 올려 보낸 말을 다
하며, 또 한숨을 쉬고,

"우리 어머니는 돈을 가지고 올라가신 지 한 달이 되었는데,
그저 소식을 몰라 걱정이올시다."
하며, 장랑을 만나 맺인 회포를 풀고 나니, 부모의 생각이 다시
나서 흐르는 눈물이라.

"나는 그런 줄은 모르고 분하고 야속한 생각이 들었네그려."

밤이 깊도록 만단정회(萬端情懷)[5]를 다하고 동촉을 물린 후
금침에 드니, 원앙이 녹수(綠水)에 깃들인 것 같더라. 이와 같

---

4) 하룻밤 사이에.
5) 여러 가지 헝크러진 일의 정서와 회포.

이 3일을 지낸 후, 송이가 돈 100냥을 내어 필성을 주며,

"화채(花債)[1]라 하는 것은 어미를 아니 줄 수 없사오니, 이 돈을 주시고 내일 오시옵소서."

필성이가 받아 가지고 있다가 기생 어미를 부러 돈을 주니, 기생 어미가 당초에 장씨의 모양을 보고, 아주 꺽자를 치고 있다가, 천만의외에 돈을 보고 불승대희하여, 차후로는 필성이가 매일 오는데, 기생 어미가 조금도 싫은 기색이 없이 대접하더니, 마침 하루는 어떤 소년 호색이 들어와 놀음을 받으라 하거늘, 기생 어미가 좋아서 허락하고 송이더러 말하니, 송이가 크게 놀라 급히 돈 300냥을 내어놓으며,

"아이고 어머니, 장서방께서 아까 가실 때 한 달만 더 유하겠다 하시고 이 돈을 어머니 어디 가신 사이에 주고 간 것을 진작 드리지 못하였사오니 이를 어찌하나. 선후 차례가 있사오니 지금 오신 양반은 곧 퇴하시오."

기생 어미 돈을 보고,

"암, 선후가 있지. 나는 그런 줄 몰랐구나."

하고, 돈 300냥에 입이 벌어져서 그 놀음을 퇴하니라. 이날부터 필성이는 한 달을 숙식하고 지내는데, 송이가 가끔 돈을 필성을 주어 용돈을 쓰게 하니 기생 어미는 더욱 좋아한다. 필성은 이로부터 서로 사랑이 가득하나, 필성은 적빈(赤貧)한 사람이라. 송이도 남은 돈이 차차 다하매, 몸을 빠져나올 틈을 찾을 길이 없어 수심이러라.

고진감래(苦盡甘來)[2]는 인간의 공도(共道)라. 평양 감사로 내

---

1) 기생·창녀 들과 상관하고 주는 돈.
2) 고생이 다하면 즐거움이 옴.

려오는 양반은 당시 명망이 조야에 진동하는 이보국이라 하는
양반이신데, 향년 80세 벼슬로는 지내지 못한 것이 없었으나,
무슨 일로 인연함인지 80이 되어도 평양 감사를 지내지 못하는
고로, 물색(物色)도 구경할 겸 수석(水石)이 좋다는 말을 듣고,
을밀대 아래에 별저(別邸)[3]를 굉장히 짓고, 평양 감사를 일부로
해서 내려와 지내더니, 하루는 송이가 서화가 분명하다는 말을
듣고 송이를 부르니, 송이가 감사의 부름을 듣고 속으로,

'옳다! 오늘이야 이 구렁을 벗어나리로다.'
하고, 즉시 시자를 따라가서 이 감사에게 절하여 뵈오니, 이 감
사가 송이를 보고 붉은 얼굴에 백수(白首)를 어루만지며,

"오! 네가 송이냐. 오늘 보니, 듣던 말과 같구나. 그러나 들으
니 네가 서화가 도저하다니 과연이냐?"

송이가 두 손을 마주 잡고 공손히 하는 말이,

"변변하지 못하온 것을 그렇게 하문하셨나이까?"

"내가 친히 보아야 알지."
하고, 문방사우(文房四友)[4]를 내어놓는데 남포벼루, 수양명월에
상호연적(珊瑚硯滴)이요, 청황모(青黃毛) 무심필(無心筆)에 백능
운화지(白稜雲華紙)라. 송이가 마지못하여 섬섬옥수(纖纖玉手)[5]
로 붓대를 잡고 먹을 진하게 갈아 지상에 일필휘지(一筆揮之)[6]
하니 자자주옥(字字珠玉)[7]이라. 이 감사가 보기를 다하고,

---

3) 별장.
4) 문방에 꼭 있어야 할 세 가지 벗. 곧 종이 · 붓 · 먹 · 벼루.
5) 여자의 고운 손.
6) 한숨에 흥취 있고 힘 있게 글을 써 내림.
7) 글자마다 주옥이라는 뜻으로, 필법이 묘하게 잘 된 것을 일컫는 말.

"글씨를 보고 너를 보니 과연 명불허전(名不虛傳)[1]이로구나. 글씨 체격과 네 위인을 보니 기생 될 아이는 아닌데 어떻게 되어서 기생이 되었느냐?"

송이가 말을 들으매, 그 감사의 인후(仁厚)[2]한 도량에 몸을 도와 줄 듯한즉, 일변은 반갑지만 옛날 일을 생각하며 창자가 끊어지는 듯하여 눈물을 머금고,

"기생은 본래 성외에 사는 김 진사의 딸로 양가의 여자이옵더니, 부모의 빚을 갚으려고 몸을 자매(自賣)하였나이다."

이 감사가 웃고 칭찬하며,

"허허! 가위 효녀로구나. 그러면 너는 원래 천인의 자식이 아니란 말이냐? 네 부모는 어디 있으며, 무슨 빚이 있었단 말이냐?"

하고 물으니, 송이가 안색을 바로하고 김 진사가 서울로 구사(求仕)하러 간 일과, 모친이 내려와 빚 걱정하는 일과, 부득이하여 몸을 팔아서 보낸 일을 대강 말하니, 이 때 감사는 연로한지라. 안력이 쇠하여 허다한 공사를 일일이 볼 수 없고, 아객들더러 글을 보아 대강 뜻을 말하라 하여 처결하나, 항상 미덥지 못하여 마음에 들지 아니하는 날이 많은 터이라. 감사가 생각하되,

'저 기생이 문필이 유려하고 나이 어린 여자라. 문자를 보려 하면 남자보다 소상히 할 것이요, 또 내가 제 몸이 액운에 빠진 것을 건져 주면 아마 은혜에 감동하여 내 심복이 될 터이니, 내가 한번 저 기생을 불러 보리라.'

---

1) 이름이 공연히 전해진 것이 아님.
2) 마음이 어질고 무던함.

하고 좌석을 조용히 하고 송이를 불러 이르되,

"이 애, 내가 연만하여 눈이 어두워 공사가 들어오면 친히 모하니, 네가 내 안목이 되어 마음을 정히 먹고 내 앞에서 전후 문자를 살펴 주면 어떠하겠느냐. 네가 내 앞에 있으면 네 부모를 만나기도 자연 쉬울 도리가 있을 터이니."

송이가 안심히 열하여 일어나 절하며,

"천기를 불쌍히 여기사 이와 같이 하해지택(河海之澤)3)을 내리사 건져 주고자 하시니, 백골이 진토 되어도 잊지 못하겠사오나, 몸값이 있사오니 봉행하지 못할까 하나이다."

"이 자식아, 내가 너를 부리고자 할진대 몸값을 주고 데려오겠지, 그저 오라고 할 리가 있느냐. 대관절 몸값이 얼마란 말이냐?"

"본전이 6천 냥이올시다."

"그것은 걱정하지 마라."

하고, 즉시 사령에게 기생 어미를 불러들여, 돈 7천 냥을 내어 주며,

"이 애, 송이는 내가 부리자 하여 본전에 천 냥을 더 주는 것이니, 네 마음에 어떠냐?"

기생 어미의 생각에는,

'좀 재미가 없으나 어찌하리요. 사또께서 몸값을 아니 주시고도 바쳐라 하시면 거역하지 못하올 터이온데, 하물며 돈을 더 차하를 하시니 무슨 잔말을 하오리까.'

하고 받아 가지고 나오니라.

---

3) 넓고 큰 은택을 가리키는 말.

차후로 송이는 감사가 있는 별당 건넌방에 가 독처(獨處)하고 있어, 감사 앞에서 전후 거행을 하여 마음에 기생을 면함은 다행하나, 주야로 잊지 못하는 바는 부모의 소식과 장필성을 보지 못함을 한하고, 이 감사가 보는 데는 감히 그 기색을 드러내지 못하니, 혼자 있을 때에는 주야 탄식으로 지내더라. 장필성이 이 소문을 듣고 또한 다행하나, 이 때 감사는 송이 있는 별당은 외인을 일체 엄금하니, 다시 만날 길이 없어 수심으로 지내더니 한 계획을 생각하되,

'나도 감사 앞에서 거행하는 관속이 되었으면 채봉을 만나기가 쉬우리라.'

하고, 여러 가지로 주선하더니, 이 때 마침 감사가 문필이 있는 이방(吏房)[1]을 구하는지라. 필성이 한 길을 얻어 이방이 되어 감사에게 현신(現身)[2]하니, 감사가 일견에 크게 기뻐하여 칭찬하되,

"가위 옥여기인(玉女奇人)이로다. 필성아, 이방이라 하는 것은 승상 접하는 책임이 중대하니 아무쪼록 일심봉공(一心奉公)[3]하여 민원(民怨)[4]이 없도록 잘 거행하라."

필성이 국궁수명(鞠躬受命)[5]하고, 차후로 공사문첩(公事文牒)[6]을 가지고 매일 드나들며 송이의 소식을 알고자 하나, 별당이 깊고 깊어 지척이 천리라, 어찌 알리요.

---

1) 승지 아래 딸려 인사 · 비서 기타의 사무를 맡아 보던 승정원의 육방의 하나.
2) 하인이 주인 앞에 나타남.
3) 한 마음으로 나라나 사회를 위해 힘써 일함.
4) 일반 백성이 품은 원망.
5) 명령을 받아 몸을 굽혀 절함.
6) 공공 단체나 관청의 서류.

　차시 송이는 별당에 있어 이 감사가 들어와 공사에 쓸 것을 쓰라면 쓰고 제사를 내라면 내고 하더니, 하루는 공사문첩 한 장을 본즉, 필성의 글씨가 완연한지라. 속으로 생각하되,

　'이상하다. 필법이 장서방님 필적 같으니, 혹 공청(公廳)에 드나드나?'

하고 감사더러 묻는다.

　"요사이 공사 들어온 것을 보면 전의 글씨와 다르오니 이방이 갈렸습니까?"

　"응, 전 이방은 갈고, 장필성이란 사람으로 시켰다네. 보아라, 글씨를 잘 썼지."

　송이가 이 말을 듣고 속으로 암암이 기꺼하여,

　'어떻게 하면 한번 만나 볼까? 그렇지 못하면 서사의 왕복이라도 할까? 사람을 시키자니 만일 대감이 알면 무슨 죄를 내릴지 몰라 하지 못하고, 무슨 기회를 기다리나?'

　이렇듯이 때를 타지 못하여 필성이나 송이나 서로 글씨만 보고 창연히 지내기를 이미 반년이라. 자연 서로 상사병이 될 지경이더라.

　이 때는 추구월망간(秋九月望間)이라. 월색은 명랑하여 남창에 비치고, 공중에 외기러기 응응한 긴 소리로 짝을 찾아 날아가고, 동산의 송림 사이에 두견이 슬피 울어 불여귀를 화답하니, 무심한 사람도 마음이 상하거든 독수공방에 눈물로 세월을 보내는 송이야 오죽할까. 송이가 모든 심사를 저버리고 책상머리에 의지하여 잠깐 졸다가 기러기 소리에 놀라 눈을 뜨고 보니, 남창에 밝은 달 허리에 가득하고 쓸쓸한 낙엽송은 심회를 돕는지라. 잊었던 심사가 다시 가슴에 가득해지며 눈물이 무심

히 떨어진다. 송이가 남창을 가만히 열고 달빛을 내다보며 위연 탄식하는데,

'달아, 너는 내 심사를 알리라. 작년 이 때 뒷동산 명월 아래 우리 임을 만났더니, 달은 다시 보건마는 임은 어찌 보지 못하는고. 심양강의 탄금녀는 만고문장 백낙천을 달 아래 만날 적에, 설진심중무한사(說盡心中無限事)¹⁾를 세세히 하였건마는, 나는 어찌 박명하여 명랑한 저 달 아래서 부득설진심중사(不得說盡心中事)²⁾하니 가련하지 아니할까. 사람은 없어 말 하지 못하나, 차라리 심중사를 종이 위에나 그리리라.'

하고, 연상을 내어 먹을 흠씬 갈고 청황모 무심필을 듬뿍 풀어 백능화주지를 책상에 펼쳐 놓고, 섬섬옥수로 붓대를 곱게 쥐고 장우단탄(長吁短嘆)³⁾에 맥맥이 앉았다가, 고개를 돌려 벽공의 높은 달을 두세 번 우러러보더니, 서두에 '추풍감별곡(秋風感別曲)' 다섯 자를 쓰고, 상사가 생각 되고, 생각이 노래 되고, 노래가 글이 되어 붓끝을 따라오나, 붓대가 쉴 새 없이 쓴다.

쓰기를 마침에 붓대를 던지고 정신없이 앉았으니, 하늘이 비록 눈이 없으나 박명홍안(薄命紅顔)⁴⁾의 원탄을 모르리요. 월도천심야삼경(月到天心夜三更)⁵⁾에 슬픈 노래 안남비(雁南飛)라. 아득한 정신은 기러기 소리를 따라 멀어지고, 몸은 책상머리에 엎드렸더니, 잠시 잠이 들어 주사야몽 꿈이 되어 장주⁶⁾의 나비같

1) 마음속에 있는 한없는 얘기를 다함.
2) 마음속에 있는 얘기를 다 말하지 못함.
3) 탄식함을 마지않음.
4) 젊고도 아름다운 얼굴의 기막힌 운명.
5) 달이 중천에 떠올랐으니, 밤이 벌써 삼경이 되었음.
6) 중국 춘추 시대의 사상가.

이 두 날개를 떨치고 바람을 쫓아 중천을 떠다니며 사면을 살피
니, 오매불망하던 장필성이 적막공방에 혼자 몸이 전일의 답서
를 내놓고 보며, 울고 울고 보며 전전반측 누웠거늘, 송이가 들
어가 마주 붙들고 울다가 꿈 가운데 우는 소리가 잠꼬대가 되어
아주 내쳐 울음이 되었더라. 사람이 늙어지면 상하 물론하고 잠
이 없는 법이라. 이 때 이 감사는 연광도 80여 세뿐 아니라, 일
도방백(一道方伯)[7]이 되어 밤이나 낮이나 어떻게 하면 백성의
원성이 없을까, 어떻게 하면 국은(國恩)을 보답할까 하며 잠을
이루지 못하고 누웠더니, 홀연히 송이의 방에서 느껴 우는 소리
가 들리거늘, 깜짝 놀라 속으로 짐작하되,
　'지금 송이가 나이 열일곱이라. 필연 무슨 사정이 있어 저리
하나 보다.'
하고 가만히 나와 보니, 남창을 열고 책상머리에 누웠는데, 불
을 돋우어 놓고 책상 위에 무엇을 써서 펼쳐 놓았거늘, 마음에
괴이하여 가만히 들어가 화주지를 펼치고 본즉 '추풍감별곡'이
라. 대강 보고 손으로 송이를 흔들어 깨우니, 송이가 깜짝 놀라
눈을 떠 본즉 감사라. 대경실색하여 급히 일어서니, 이 감사가
화주지를 말아 들고,
　"송이야, 놀라지 마라. 비록 상하지분은 있으나, 내가 너를
친딸이나 다름없이 귀히 하는 터이니, 무슨 사정이 있거든 내게
말을 하면 그 아니 좋겠느냐. 오늘 심중에 미안한 일을 다 말하
여라. 이 자식아, 나는 너를 딸같이 사랑하는데, 너는 나를 아
비같이 생각하지 않고, 이와 같이 원한을 가지고 말 아니하고

7) 관찰사의 한 가지 도리.

있단 말이냐?"

송이가 창황하여 어찌할 줄을 모르다가 겨우 입을 열어,

"소녀의 죄가 만사무석(萬死無惜)이올시다."

이 감사가 허허 웃고,

"내가 네 소회를 듣고자 하니, 마음 있는 대로 다 말하여라."

송이가 한출첨배(汗出添背) 되고, 몸이 떨려 말을 하지 못하고 섰더니, 감사가 또 말을 재촉한데,

"이처럼 하문하시니 어찌 기망하리까."

하고 눈물을 지우고 단정히 서서, 당초 후원에서 장씨와 글로 화답하던 일과, 그 모친이 장씨를 청하여 혼약을 한 일과, 김 진사가 서울로 올라가서 벼슬을 구하다가 허 판서와 관계가 된 말이며, 허 판서가 저를 별실로 달라는 것을 김 진사가 허락하였으되, 저는 장씨의 약속을 지키느라고 만리교에서 도망하였다가, 그 후 모친이 찾아 내려옴으로 몸을 팔아 올려 보내고, 기생이 된 후 오히려 장씨를 잊지 아니하고, 글로써 화답할 사람을 구하여, 장씨를 만나 몸을 허락한 말을 다하고,

"대감의 천지 같은 은혜는 결초보은(結草報恩)하여도 잊지 못하겠나이다."

하며 엎드려 우니 감사가 등을 어루만지며,

"송이야, 울지 마라. 네 사정이 그런 줄은 몰랐구나. 그러나 오늘은 알았으니 어찌 네 원을 풀어 주지 못하겠느냐. 이제야 안즉 장필성도 사정이 있어 이방으로 들어왔구나. 명일은 장필성을 불러 보게 하리라. 눈물이라 하는 것은 인정의 지극한 이슬이라. 그러므로 억울하고 그리워도 눈물이요, 좋고 반가워도 눈물이라."

송이가 감사의 말을 들으매 다시 눈물이 떨어짐을 깨닫지 못하다가도, 반갑고 상쾌한 끝에 부모 생각이 새로 나서 다시 감사에게 말을 한다.

"분부가 이와 같사오니 하정에 망극하오이다. 그러하오나 소녀의 부모가 소녀로 인하여 곤경에 들어 소식을 모르오니 차생 원한이올시다."

감사가 말을 듣고 더욱 가상한다.

"효열지심(孝烈之心)이 가위 천심에서 나오는 말이로구나. 오냐. 그것도 급히 주선하여 알게 할 터이니 염려하지 마라."

하고, 안방으로 건너와 혼자 누워 화주지에 쓴 글을 여러 번 보더니 칭찬함이 마지아니하더라.

이튿날 아침 일찍 장필성을 부르니, 필성이 속으로 생각하되,

'사또께서 일찍이 부르시는 일이 없더니 무슨 일로 이와 같이 부르시나?'

하고 이 감사께 문안하니, 이 감사는 흔연히 희색을 띠고,

"별장으로 들어오라."

하거늘, 필성이 더욱 이상히 여기고 따라 들어오매, 감사가 방으로 불러 들여앉히고 송이를 부르니, 송이가 건넌방으로 들어오매, 필성과 서로 만나 놀라서 소스라쳐 말없이 마주앉으니, 가위 양인심사양인지(兩人心事兩人知)[1]라. 감사의 앞이라 감히 말을 하지 못하니 그 곤경이 어떠할까. 이 감사가 껄껄 웃고 필성을 보고,

"필성아, 네가 송이를 위하여 이방 천역(賤役)을 자원하고 들

---

1) 두 사람의 마음은 두 사람이 다 알고 있음.

어온 지가 6, 7삭이 되어도 보지 못하였다가 오늘에야 서로 만나 보니 어떠하냐?"

필성이 더욱 놀라 어쩔 줄 모르다가 일어서 절하며,

"황공하여이다."

"내가 이미 네 사정을 아는 도리가 있으니 안심하라. 너희 둘을 앉히고 보니 가위 천생여질(天生麗質)[1]을 난자기(難自期)로구나. 오늘 곧 송이를 내어 줄 터이로되, 네가 송이의 수건에 써서 준 글을 봄에 의작홍사입동방(擬作紅絲入洞房)이라. 언약이 깊었으니 혼인을 아니할 수 없은즉, 송이의 부모를 내려오게 한 후, 내가 중매 되어 혼인을 꾸밀 터이니 그리들 알아라. 그러나 오랫동안 서로 그리던 정회가 많을 터이니, 송이를 데리고 건넌방으로 건너가거라."

하여 보내니, 서로 반가운 생각이 가슴에 사무쳐서 그리던 정회는 오히려 뒤지고, 감사의 은덕에 감동하여 서로 놀랍고 반가운 이야기만 한다.

"허허, 사또께서 우리의 일을 어찌 아시고 이와 같이 은덕을 내리시나? 대체 이게 어찌된 일이오? 우리가 죽어도 이 은덕을 잊지 못하리로다."

"송이 꿈 가운데 만난 님을 생시에 뵙기는 다름이 아니라, 작야에 월색이 하도 명랑하기로 소회를 풀어 글을 지어 책상에 두고 누웠더니, 잠이 들어 꿈을 꾸어서 꿈에 서방님과 만나 붙들고 울다가 잠꼬대하는 소리를 사또께서 들으시고, 나를 깨워 약시약시 하문하시고 오늘 이와 같이 되었으니, 이 은혜를 어찌하

---

1) 하늘로부터 타고난 곱게 생긴 체질이나 생김새.

면 만 분의 일이라도 갚을까.”

하고, 필성의 무릎에 앉으며 뼈가 녹아 눈물이 쏟아지니, 이는 송이가 님 그리던 원정에 나오는 눈물도 아니요, 부모를 생각하는 눈물도 아니요, 하해 같은 이 감사의 은덕에 느껴 우는 눈물이라. 필성이 또한 울음 반 웃음 반으로,

“우리 양인의 심사를 하늘이 통촉하사 이러한 감사를 뫼셔 하늘 같은 은덕을 입었구나.”

하며 울고 붙들고 하더니, 이 때 동헌에서 공사청령(公事廳令) 길게 나니, 송이가 깜짝 놀라 급히 필성을 일으켜 보내며,

“공사령이 내렸으니 어서 나가셔요. 이제는 우리가 원이 없거니와 부탁해요. 은혜를 생각하여 공사에 조심하셔요.”

필성이 웃고 대답하되,

“부탁한 말 명심할 것이니, 하루 바삐 장인 장모를 돌아오시도록 주선을 하오.”

만덕산 늦은 안개가 햇살에 사라지듯 얼굴에 가득하던 수색이 벗어지고 희색이 가득하여 총총 작별하고 물러나오니, 감사가 공사를 시작하고 이방 장필성을 불러 형조에 보장(報狀)을 써 김 진사를 빼내려고 급히 전인(傳人)을 띄우니라. 슬프다, 세상 사는 귀천(貴賤)이 유명(有命)이요, 희비(喜悲)가 무상(無常)이라. 평양성중에는 채봉의 일개 소녀가 이러한 풍랑을 겪고 차차 호운(好運)을 만회하건마는, 500여 리 밖에 옥중 고객 김 진사는 이를 어찌 알며, 또 그와 같이 세력이 흔천동지(掀天動地)하던 허 판서인들 어찌 그러한 지위를 오래 누리기를 기필하리요.

이 때 이부인이 평양서 채봉을 이별하고 서울로 올라와 돈 5

천 냥을 바치고 김 진사가 방송되기를 희구하니, 허판서는 돈을 받은 후 과천 현감을 면직시키고, 또 트집하여 이르되,

"무단히 양반을 속였은즉 딸마저 찾아 놓아야 무사히 방송하리라."

하거늘, 김 진사가 기가 막혀 어찌할 수 없어,

"내 딸은 벌써 죽었으니, 나를 죽이든지 살리든지 대감 마음대로 하시오."

하며 악을 쓰나 허 판서는 더욱 노하여,

"아주 옥중 귀신을 만들리라."

하고 여전히 가두어 두니 이부인이 생각하되,

'사세가 이와 같으니 평양으로 내려가서 채봉더러 이런 말을 하여도 이제는 채봉이가 하고 싶어도 소용이 없으니, 여기서 죽으나 사나 끝이나 보리라.'

하고 남의 집 방을 얻어 들고, 침선을 팔아 가며 옥중 공궤를 하더니, 미구에 허 판서가 범람한 마음을 먹다가 발각되어 복주(伏誅)를 당한 후 조정에서 허씨의 삼족(三族)을 멸하고, 문인(門人)은 죄지경중(罪之輕重)을 마련하여 각기 처벌하는데, 김 양주는 처교(處絞)하고, 또 사구류(私拘留)에 있는 김 진사는 우선 형조에 이수(移收)하고 죄의 유무를 사실하더니, 마침 이 때 평양 감사의 보장이 들어오니, 조정에서 의심하지 아니하고 김 진사를 무죄 방송하니라. 김 진사가 천은(天恩)을 축수하고 옥문을 나서니, 이부인이 벌써 옥문에서 기다리는지라. 반기며 같이 사관으로 나와서 붙들고 일장통곡하며 전후사를 말하고,

"만일 채봉이가 아비만 믿고 허가와 결친(結親)하였던들 어린 자식이 참화를 면하지 못하였으리니, 기생에 팔렸더라도 오

히려 죽기보다는 다행이오. 아무리 부녀간이라도 나는 채봉이
볼 낯이 없소그려."

"부인 차역(此亦) 운수요, 피역(彼亦) 운수라."

"왕사(往事)는 물론(勿論)하시고 평양으로 내려가서 채봉의
몸이나 빼낼 도리를 합시다."

하고, 즉시 도보로 발정하여 평양으로 내려오니, 산천 풍물은
의구히 있건만 사람은 어이 금석이 달라졌으며, 불쌍한 채봉이
는 뉘에게 가서 의탁하였는고. 김 진사 내외가 취향의 집으로
찾아오니, 취향 모녀가 반기며 맞으며 인사를 하는데, 김 진사
가 우선 채봉의 말을 묻는다.

"아가씨 잘 있느냐?"

"예, 잘 있습니다."

하고, 그간 봉선 어미 집에서 글귀로 장씨를 찾아 만나던 말이
며, 이 감사가 몸값을 갚고 데려다 둔 말을 일일이 고하니, 김
진사 내외가 듣고 만심환희하여 묻되,

"부인, 그러면 그간 아가씨를 보았느냐?"

"감사 댁으로 들어가신 후로는 당초에 외인은 남녀를 물론하
고 출입을 하지 못하게 하심으로 들어가 뵈옵지 못하였습니
다."

김 진사 내외가 즉시 이 감사 댁으로 찾아가니, 이 감사가 보
고 일면여구(一面如舊)같이 반기며 별당으로 불러들여 송이를
만나게 하니, 일륜의 맺힌 정곡(情曲) 근심 슬픔이 다 녹아 눈
물이 되어 흐르고, 세 부녀가 마주 붙들고 일장 통곡을 한 후,
송이가 이 감사의 은덕으로 신명을 보존하고 장씨를 만난 일과,
형조에 보장한 일을 세세히 말하니, 김 진사가 더욱 놀라 일어

나 절을 하며,

"대감의 하해 같은 은혜가 백골난망이올시다."

이 감사가 껄껄 웃으며,

"이는 관장(官長)된 사람의 떳떳한 일이라. 무슨 은혜라 하리요. 사람의 귀천이 유명이라, 헛된 영광을 바라면 패가망신하기 쉬운 법이니, 어린 자식을 생각하여 후일을 경계하라. 그러나 그대는 복이 많아서 송이 같은 딸을 두고, 장필성 같은 사위를 보게 되는 것을 나는 다행한 일로 아노니, 오늘 송이를 내어 주니 급히 혼인을 성례하여 가업을 안락하게 하라."

하며 분부하고, 송이를 불러 오래 부리던 행하로 집과 전곡을 주어 보내니, 김 진사 부녀가 고두사은하고 물러나와 길일을 택하여 장생을 맞아 혼례를 행하니라.

작품 해설

　조선 말기에 쓰여진 것으로 추측되는 애정 소설로, 지은이와
연대는 알려져 있지 않다. 일명 〈추풍감별곡〉이라고도 부르는
이 작품은 총 60여 면, 120회로 된 장회 소설이다.
　이 작품을 중국 소설집 《금고기관(今古奇觀)》에 나오는 〈왕교
란백년장한(王嬌鸞百年長恨)〉을 번안한 작품이라고 평가하지만
서두에서 남녀 주인공의 결연 과정만 모방했을 뿐이다. 제재로
보나 배경으로 보나 현실 생활에서 취재했으며 매관매직이 공
공연하게 횡행하던 조선 말기를 시대적 배경으로 설정했는데,
이 작품처럼 현실성을 띠고 있는 조선 시대 고대 소설도 드물다
고 할 수 있다.
　평양에 사는 김진사의 딸 채봉과 장필성은 서로 약혼한 사이
였으나 벼슬에 눈이 어두운 채봉의 아버지가 딸을 허 판서의 첩
으로 주려고 하자 집을 나와 평양 기생이 되는 등 두 남녀는 많
은 고난을 겪다가 마침내 숙원을 이룬다는 내용이다.

　이 작품은 주인공 장필성과 채봉이 어떠한 권세에도 굴하지 않고, 체면도 불구하고 사랑을 찾으려는 순결하고도 진실한 애정 생활을 표현하고 있으며, 나아가 조선 말기의 부패하고도 몰락해 가는 양반 위정자들의 실상을 폭로하고 있다. 이러한 것은 김 진사의 유관주의적 사상과 허 판서·김양주 등의 생활을 통해서 볼 수 있다.

　우리나라를 배경으로 한 애정 소설의 여 주인공 대부분을 기생 출신에서 택한 데 비해 이 작품은 양가의 규중처자를 여 주인공으로 삼았으며, 중국을 배경으로 한 애정 소설 대부분이 일부다처주의적 애정 생활을 공공연하게 표현해 놓은 데 비해 이 작품은 진실한 애정으로만이 결합되어 일부일처주의의 애정 생활을 표현했다.

　이처럼 이 작품은 조선 시대 소설로서는 드물게 보는 수작이며, 사건의 현실성으로 봐서는 〈춘향전〉보다 나은 작품이라고

도 생각된다.

 필사본으로는 규장각본이 있고, 활자본은 1913년 박문서관
본, 1952년 세창서관본이 있다.

주생전

　주생의 이름은 회, 자는 직경, 호는 매천이며, 촉나라 사람이다. 원래 그의 선조들은 대대로 전당(錢塘)1)에서 살아왔으나, 그의 부친이 촉주(蜀州)의 별가2) 벼슬을 하게 되어 그때부터 그의 집은 촉 땅이었다.

　주생은 어려서부터 재주가 있고 총기(聰氣)가 있어서 남들로부터 천재라는 이름을 들었으며 특히 시를 잘하였다. 나이 18세에 태학생3)이 되어 친구들의 우러러본 바가 되었고, 그 자신도 자기의 재주와 학문이 보통이 아니라고 자부하고 있을 정도였다.

　그러나 웬일인지 태학에 재학하기 수년에 이르건만 그는 끝

---

1) 중국 절강성에 있는 강 이름. 선하령에서 발원해서 동북으로 흘러 절강성 서북부를 관류하며 여러 지류를 합해 항주만으로 들어감.
2) 승정원의 서리.
3) 성균관의 장의 이하 생원 · 진사의 총칭.

내 과거 시험에 급제하지 못하였다. 그 이유는 알 수 없었으나 어쨌든 이것은 그의 인생을 바꾸어 놓는 결과가 되어 버렸다.

"사람의 세상살이가 마치 티끌이 약한 풀에 깃들고 있는 것과도 같을 뿐인데, 어찌하여 사람은 공명(功名)에만 급급해서 자기를 잃어버려야 할 것인가. 따지고 보면 아무것도 아닌 입신양명(立身揚名)[1]만을 생각하고 있는 내 청춘이 아까울 뿐이다." 하고 과거 시험에 붙지 못한 천재 소년은 홀연히 대각(大覺)을 한 것이다.

이 각성이 있은 뒤로 주생은 드디어 과거 공부를 단념하고 자유로운 강호 유람(江湖遊覽)에 뜻을 두었다. 그 동안 궤짝 속에 숨겨 두었던 몇 백 냥 돈을 이제야 쓸 때가 왔다고 기쁘게 꺼내 놓고, 우선 그중의 얼마로 자그만 배 한 척을 샀다. 강호를 유람하려면 배가 필요할 것이 아니겠는가. 산야를 가는 데에 말이 필요한 것과 마찬가지이다.

다음에는 나머지 돈으로 장사가 될 만한 물건을 샀다. 그것으로 생활을 해 가며, 누구에게도 구속을 받지 않는 양심의 자유를 얻어 보자는 것이었다. 그는 강호 유람객이라는 무척 자유로운 직분을 고금의 유명한 시인 묵객(詩人墨客) 중에서 그 예를 찾아 고찰을 하고 또 고찰을 해 보았으나, 우선 생활의 독립이라는 것이 무엇보다도 선결 문제인 듯하였다.

이렇게 해서 그는 아침에는 오(吳), 저녁에는 초(楚)[2]라는 식으로 쉴 새 없이 옮겨 다녔다. 물건을 팔기도 하고, 또 사기도

---

1) 자기의 이름을 드날려 세상에 알림.
2) 중국 춘추오패의 하나. 뒤에 전국칠웅의 하나가 됨. 양자강 중류의 땅을 차지한 나라로 호북성 영에 도읍했다가 진나라에 망함.

하고, 그러기 위해서는 이곳에서 저곳으로 가고, 닥치는 대로
노를 저으며, 또 서서히 가고 싶은 곳으로 갔다. 그것은 저 하
늘의 뜬구름과도 같았다.

어느 날인가는 악양성[3] 밖에 배를 매 놓고, 전부터 친근하게
지내던 나생이라는 친구를 찾아갔다. 이 친구 역시 그에 못지않
은 재주꾼이었다. 나생은 그를 보자 펄펄 뛰며 반가워하였다.
술을 사서 대접하고, 회고담에 꽃을 피웠다. 이야기를 하는 동
안 주생은 술에 취해 버렸다. 만취가 되어 배에 돌아왔을 때에
는 벌써 날은 어두워 있었다.

초저녁 밝은 달빛은 밤의 어두운 강물을 고요하게 수놓기 시
작하였다. 주생이 술에서 깨어 눈을 떴을 때에는 그의 자그만
배는 물 가운데 둥둥 떠서 저 혼자 가는 줄 모르게 움직이고 있
었다. 어디선가 절간의 종소리는 은은하게 제행무상(諸行無常)[4]
을 전해 오고, 달은 어느새 새벽달이 되어 서쪽으로 기울고 있
었다.

새벽의 뽀얀 안개가 양쪽 강 언덕을 덮고, 그 사이로 꺼무스
름한 육지와 나무와 산과 때로는 집들도 보이는 듯하였다. 달빛
도 많이 흐려져서 안개 너머로 흐리멍덩한 무지개를 이루고 있
고, 안개는 이 모든 삼라만상(森羅萬象)[5]을 성급하게 감추어 주
기라도 하듯이 그의 앞을 마치 자그만 분가루를 뿌린 것처럼 흐
르고 있었다.

양쪽 언덕의 집에서 이따금 초롱불이 희미하게 비쳐 오는 것

---

3) 중국 동정호 동쪽에 있는 항구 도시 악양의 성.
4) 우주 만물은 항상 돌고 변해 한 모양으로 머물러 있지 않음.
5) 우주 사이에 벌여 있는 수많은 현상.

도 인상적이었다. 그는 전신의 냉기를 느끼며 물가로 배를 대어 갔다. 알고 보니 그곳은 전당(錢塘)이라는 곳이었다.

전당은 그에게 향수를 주었다. 선조 대대로 살아온 이곳은 그에게 고향 이상의 깊은 감명을 주는 곳이었다. 더구나 새벽의 기분이 기분인지라, 이 자유로운 강호 유람의 선비는 즉흥에 맡겨 글 한 수를 읊었다.

악양성 밖 배에 의지하여,
하룻밤 취하다 보니,
두견새 우는 동안,
봄 달은 밝고,
몸은 전당에 있음이러라.

전당의 물가에 배를 대었을 때에는, 시야를 가리던 얄미운 안개도 걷혀 대기는 맑고, 아침 태양은 찬란하게 대지를 비치기 시작하였다.

주생은 육지에 올라 이 고장의 옛 친구들을 찾아보았다. 더러는 이미 세상을 떠나, 이 볼 수 없는 옛 친구들로 하여 그의 향수는 더구나 말할 수 없는 비애에 잠겨 들어갔다. 무엇인지 모를 무거운 우수가 그를 잡고 놓지 않았다.

이 천재적인 시인은 그것을 글과 음성에 십분 효과를 내면서 향수에 젖은 옛 땅을 거닐 대로 걸어 보았다. 특히 기억에 남는 곳에서는 아무리 발걸음을 돌릴래야 돌릴 수가 없었다. 10년 만에 제 고향을 찾은 자가 길가의 그다지 눈에도 띄지 않는 자그만 돌에도 소녀처럼 감동해서 지켜보듯이, 이 정서 아름다운 위대한 시인은 그 무엇 하나 그냥 보아 넘길 수는 없었다. 심지어 공기마저도 그의 마음을 눈물로 적셔 놓기에 충분하였다.

이러던 중 우연히 길가에서 배도라는 기생을 만났다. 배도는 그와 어릴 때 같이 자란 소꿉동무였다. 이제는 재색을 겸비한 실로 아름다운 기생이 되어, 이곳에서는 이 교양 있는 미녀를 배랑이라 부르고 있었다. 그것은 그 여자를 존경하는 의미에서였다.

배도는 옛 소꿉동무를 만나자, 감격하여 그를 자기 집으로 끌고 갔다. 두 남녀는 어렸을 때의 정이 그대로 되살아오는 듯하였다. 아니, 그것은 참으로 진지한 우정이라고 할 수 있는 것이어서, 그때 모르고 놀았던 온갖 애정의 장막이 죄다 벗겨져, 그 애정에 새삼스러운 깊이를 가져오고, 이해는 완전해 왔다. 그때 어째서 이러한 감정의 골짜기와 깊은 웅덩이의 밑창을 몰랐던가 하고, 놀랄 정도로 그들의 마음은 친근감을 가지고 접근해 갔다.

눈의 표정, 걸음걸이, 많이 변한 듯한 음성과 육체마저도 그 옛날을 설명하고, 풍부하게 해주었다. 더구나 소녀가 초기의 건강한 미녀로 변하였을 때, 그 성숙의 내용이 보여 주는 풍부한 매력은 옛 남자 동무를 뇌쇄시키지 않을 수가 없는 법이다. 소녀는 아름답게 자라거나 추녀로 자라는 두 가지 길밖에 없다. 배도는 이 아름다운 여자에 속하였다. 그 여자의 아름다움은 이제야 여자로서 완성해서, 머리털에도, 입술에도, 어깨에도, 허리에도, 그 어디나 그 여자의 전신은, 심지어 그 여자가 몸을 휘어 감고 있는 비단옷의 끝머리에까지, 그 여자가 호흡하고 있는 대기에까지 유혹하는 힘이 가득 차 있었다.

　배도를 여기서 만난 대시인의 가슴은 전신의 생명과 감동이 일시에 끓어올라 폭발할 듯해서 견딜 수 없을 정도였다. 옛날 얘기를 하며 끝이 없던 주생은 그 중도에 우선 성급하게 한 수를 읊지 않으면 아니 되었다.

　하늘 끝 타향에서 얼마나 지냈던고.
　만리 길 돌아오니 다른 것뿐이로다.
　두추(杜秋)의 아름다움 예나 다름없고,
　청루의 주옥이 햇빛에 반짝이누나.

　감격한 시인은 먹을 갈아 일필휘지(一筆揮之)[1]해서, 그것을 아름다운 배도에게 불쑥 내밀어 주었다. 배도는 그것을 칭찬하며, 기뻐해 마지않았다. 존경에 가까운 찬미가 거기에 있었다.
　"군자의 재주가 이렇게도 훌륭하여 사람들에게 질 바가 아닌데도 어찌해서 물 위에 뜬 부평초(浮萍草)나 바람에 나부끼는 쑥대나, 하늘에 뜬구름과도 같이 정처 없이 떠다니나이까?"
　배도는 감동해서 물었다. 그리고 잠시 후 상대방을 말끄러미 지켜보며, 어느 정도 연민의 정을 가지고 이렇게 물었다.
　"장가를 드셨나이까?"
　"아직 미취(微醉)라. 강호의 유람객이 여자를 얻어 무엇하리요."
하고 주생은 어색하게 웃어 보였다.
　"내 소원이니, 군자는 이제부터 배에 돌아가지 마시옵고, 그

---
　1) 한숨에 홍취 있고 줄기차게 글씨를 씀.

저 제 집에만 머물러 계사이다. 그러면 첩은 군자를 위하여 좋은 요조숙녀(窈窕淑女)[2]를 구해 드리리다."
하고 여자답게 성숙한, 이 보기 드문 재색 겸비의 기생은 말하였다. 그리고 눈의 표정에 그 여자의 매력을 가득히 과시해 보였다.

옛 향수의 정은 이제야 남녀의 정으로 변하고, 그것을 서로가 똑같이 깨달아 가고 있는 모양이었다. 처음에 만난 사이가 아니고, 옛 소꿉동무여서 더구나 서로의 정욕은 급속도로 익고, 그 밀도는 보통의 몇 배가 넘는 듯하였다.

"배랑의 그 말씀은 고마우나, 내 어찌 바라리요."
하고 주생은 사양하였다. 그러나 서로의 욕망은 점점 근접하고, 무언가의 저항하기 어려운 힘에 의하여 내심 격렬한 투쟁을 하고 있는 것은 틀림이 없었다. 아니, 저 염치라든가, 체면이라든가 하는 따위 타성만 없다고 한다면 지금쯤 그들은 어느새 꽉 끌어안고 동물적인 이성의 본능에 완전히 지배되어 있었을 것이리라.

그러나 군자이고 요조숙녀여서 그들은 동물과 인간의 분계점에서 완강히 버티는 중이었다. 그들은 말하자면 인간의 예술적 기교를 가지고 동물로 전락하는 때만을 기다리는 것이다. 그 점을 서로 십분 이해하고 있었다.

날이 저물어 방 안이 어둑어둑해지자 한없는 애수를 느끼기 시작한 배도는 나이 어린 시비 년을 시켜 주생을 별실로 인도해 가도록 하였다. 방은 신방처럼 깨끗하고, 주인의 재색을 거기서

---

2) 조용하고 아름다운 숙녀.

도 엿볼 수 있도록 잘 꾸며져 있는 방이었다.

주생은 시비가 돕는 대로 편안하게 자리에 누워 희미한 불빛으로 비쳐지는 사방의 벽을 둘러보았다. 그의 호기심은 어느 한 군데에서 번쩍 긴장하여 멈추었다. 벽에 글이 씌어 있었기 때문이었다.

원래가 천재 시인인 주생은 그런 것을 보면 잠자코 있을 수가 없어서 편안한 잠자리를 박차고 일어나는 수고조차 아끼지 않았다. 그는 그곳으로 걸어가 그 글을 자세히 보았다.

비파(琵琶)로 상사곡(相思曲) 타지를 마오.
가락이 높아지면 이 간장 녹는다오.
꽃은 피어 한창인데,
찾아 주는 임은 없고,
한 많은 봄날 밤 보내기 그 몇 번이었던고.

감동한 주생은 이 글이 누가 쓴 것이냐고 시비에게 물어 보았다. 배랑 아씨가 쓴 것이라고 그 여자는 대답하였다.

'암, 그랬겠지. 당연히 배도의 글이 아닐 수 없다. 아니, 내 목을 자를 정도로 확신이 든다.'
라고, 그의 내심의 소리를 말하고 있었다.

그는 다시 이불 속으로 들어가 이리 뒤척 저리 뒤척였다. 마치 배에 앉아 경호(鏡湖)를 유람하듯이 그의 상념과 공상은 제멋대로 유람해 달렸다. 그 때문에 그의 육신은 비틀리는 듯도 하였다. 모든 것을 시와 아름다움과 재치로써 측량해 보려는 그의 취미의 습성은 배도에 대한 찬미와 존경을 한층 깊게 해

주었다.

배도의 글에 맞추어 한 수 지어 보고 싶었으나 그것도 감정이 너무나 격렬하도록 흥분하여, 시가 되지 않고 글이 되지 아니하였다. 시도 역시 흥분과 감정만으로는 아니 된다는 것을 그는 깨달았다.

밤은 깊어 가고 달빛은 창문에 찾아 들어 흥분한 그의 마음을 더욱 유혹하였다. 그러자 웬 인마의 소리가 별안간 문 밖에서 들려왔다. 그는 모든 신경을 그리로 모아 엿들었으나, 아무리 해도 분명히 알지 못하는 동안에 그 인마의 소리는 없어져 버렸다. 사람과 말의 의념이 한동안 그의 마음을 잡고 놓지 않았다.

그의 감정과 상념의 지배자인 배도는 여전히 그 여자의 방에 있는 듯하였다. 그는 불시로 그 방의 비밀이 알고 싶어졌다. 그토록 성숙한 여자의 육체는 그 신비 속에서 지금 여하히 존재하고 있는 것일까? 그는 점점 말하기 흉악한 망상에 사로잡혀 갔다.

배도의 방은 촛불로 훤하게 밝아 있었다. 사창으로 그것이 보인다. 그는 대담하게 그쪽으로 걸어가 사창을 슬며시 젖히고 들여다보았다. 채운전(彩雲牋)[1]을 앞에다 펼쳐 놓고 앉아, 그 여자는 글을 짓고 있었다. 첫머리에 첩련화(蝶戀花)[2]라는 제명이 붙어 있고, 그것은 아직도 미완성의 것이었다.

요조숙녀는 군자호구라. 이런 때 아니 보고 언제 보랴. 감동이 절정에 오른 주생은 한 걸음 다가갔다.

"숙녀의 글 뒤를 이 강호 유람객이 채워도 좋으리까?"

1) 구름을 수놓은 비단.
2) 꽃을 사모하는 나비.

　그러자 배도는 놀란 듯이 고개를 번쩍 쳐들었다. 그 여자는 일부러 놀란 척하는 것 같았다. 이쪽에서 사창을 젖히고, 문을 걸어 들어가는 것을 모를 리 없었기 때문이다.

　"이게 무슨 망령이시오? 이 깊은 밤에 손이 들어올 데가 못 되거늘, 어서 정해 드린 방으로 돌아가사이다."

　"가기는 물론 가오마는, 죄는 나비에 있는 것이 아니오라 꽃에 있는가 보오이다. 아름다운 꽃을 보고 날아드는 나비를 누가 죄라 할 사람이 있으리이까?"

　천재 시인은 그렇게 말하고 나서 상대방의 대답을 들을 것도 없이 그 여자의 앞에 앉아 붓을 들었다.

　청루(清樓)의 봄은 깊었고,
　달은 꽃가지에 걸려 있도다.
　방 안에 서린 향기 그윽하건만,
　창 안의 옥녀는 수심으로 늙는다네.
　품은 꿈은 이루지 못하고,
　화초밭에서 홀로 헤매고 있는데,
　봉래(蓬萊) 12섬에 잘못 들었다면,
　뉘라서 번천(樊川)을 알 리 있으며,
　오히려 향기로운 풀이나 얻어 볼까 하노라.
　단잠 깨어 얼핏 듣노니,
　가지에 앉은 아름다운 새소리이고,
　푸른 주렴(珠簾)에는 그림자도 없이,
　붉은 난간에 날은 밝기만 하노라.

배도의 양 뺨은 대번에 볼그레하게 붉어졌다. 소녀처럼 수줍은 그 표정은 그 여자의 안에서 새로운 생명력이 활발하게 흐르고 있는 듯하였다.

주생은 그 여자의 눈에는 보이지 않을 정도로 바르르 떨리는 하얀 손을 덥석 잡았다. 따지고 보면 지금까지의 모든 기교는 이 절정을 향하여 서로가 미칠 듯이 줄달음쳐 올라온 것이 아니었던가. 거기에 방해될 것은 아무것도 없었다. 좀 더 대담하게 끌어안아도 좋을 법한 일이었다.

그러나 군자와 요조숙녀의 명예는 그들의 감정과 성격을 한없이 비비꼬아서 12바퀴를 돌게 해 놓았고, 도덕 예절이라는 가면 뒤에 깊숙이 숨어 있도록 한 것이다. 따라서 이 절정에 도달한 순간에도 그들의 도덕적인 타성을 약간의 저항을 보이지 않으면 아니 되었다. 배도는 그의 손을 밀고, 밖으로 나가 시비와 함께 주안을 차려 들여왔다. 어린 시비도 깊은 잠을 깨어서 주안상을 차려 놓고는 눈을 비비며 나가 버렸다.

재색이 겸비한 배도는 옷차림도 단정하게 앉아 주생에게 술을 권하였다. 애욕(愛慾)에 흥분한 천재 시인은 그 여자의 옷을 죄다 벗겨 그 성숙한 육체를 요모조모 뜯어보듯이, 실로 탐욕적인 시선으로 그 여자를 쏘아보며 주는 대로 술을 받아 들이켰다.

배도는 되도록 이 무서운 시선을 피하려고 애쓰는 듯하였다. 그러나 마침내 이렇게 말하였다.

"첩의 선조는 대대로 영귀를 누려 온 명문대가(名門大家)였삽더니, 천주시박사[1]의 벼슬에 있사옵던 조부가 죄를 지어 천한

---

1) 시박은 무역선의 뜻으로, 중국 당나라 때부터 관세 징수 등 외국 무역에 관한 사무를 맡아보던 관아.

백성이 된 때부터는 가세가 기울어 다시는 일어나지 못하였나이다. 그뿐 아니라, 소첩은 조실부모(早失父母)하고 남에게 기름을 받아 오늘에 이르렀삽기로, 비록 절조(節操) 견고하고 결백한 인간이 되고자 하오나, 기생에 적을 둔 몸으로 어찌 그것을 바라리이까? 홀로 한가한 곳에 있을 때마다 첩은 꽃을 바라보고 눈물을 흘리지 않는 때가 없사옵고, 달을 대하여는 절망하지 않는 때가 없삽더니, 이제 군자를 뵈오니, 풍채(風采)[1]가 뛰어나고 거동이 명랑하며 재주가 만인을 넘으며, 제 비록 못난 주제이오나 침석(枕席)[2]에 어른을 모시고 길이 건즐(巾櫛)[3]을 받들까 하나이다. 다만 바라거니와 낭군은 이 이후 입신양명(立身揚名)하시어 빨리 영귀(榮貴)[4]를 누리실 때, 이 못난 소첩을 기생의 적에서 빼어 내시와 선조의 이름을 보중하옵도록 하시면 더 이상 바랄 것이 없겠나이다. 그러면 그 후 낭군이 아무리 첩을 버리고 돌아보지 않으신다 하옵더라도 조금도 원망하지 않으리이다."

그 여자의 눈에서는 벌써부터 눈물이 주룩주룩 쏟아지고 있었다. 주생의 욕망은 연민의 감정으로 변하였다. 그 여자가 말하는 동안 그의 입에서는 몇 번인가 긴 한숨이 새어나왔다. 말이 죄다 끝났을 때, 동정에도 천재적인 대시인은 눈물을 뿌리며 울고 있는 여인의 육체를 한쪽으로 끌어당겨 그 허리를 꽉 끌어안고, 한 손으로는 자기의 소매를 잡아 그 여자의 눈과 뺨의 눈

---

1) 빛나서 드러나는 사람의 겉모양.
2) 베개와 자리, 잠자리라는 뜻.
3) 수건과 빗이란 뜻으로, 낯을 씻고 머리 빗음을 뜻함.
4) 벼슬이 높고 귀함.

물을 닦아 주었다.

　그러나 그 여자의 허리를 꼭 잡은 한쪽 팔의 감각이 그에게 미묘한 감정을 전해 주어서 그의 마음은 여전히 복잡한 상태에 있었다. 눈물로 몸을 맡기는 것보다는 약간의 저항을 보여 주는 편이 오히려 정복의 쾌감을 맛보는 점에서 좋지 않겠는가 하고도 생각하였다.

　이러한 이기심에도 불구하고 시인의 연민의 정은 강하였다. 그는 되도록 불행한 여자를 달래려고 애를 썼다.

　"차사는 남아의 분수로다. 그대가 그런 말을 아니한들 내 어찌 무정할 수 있으리요."

　"시에 여야불상(女也不爽)이요, 사이기행(士貳其行)이라 아니하였나이까. 그리고 또 군자는 이익과 곽소옥의 이야기를 듣지 아니하셨나이까? 낭군이 첩을 버리지 않으실진대, 바라거니와 언약을 하여지이다."

하고 눈물을 뚝 끊고 그렇게 말한 배도는 즉시 일어서서 필묵(筆墨)을 갖추고, 언약 문서(言約文書)를 쓰기 좋은 노호(魯縞)를 한 자 가량 떼어다가 그의 앞에 펼쳐 놓았다. 이왕이면 기생의 육례(六禮)를 실행해 보자는 생각이었다.

　그만큼 그 여자는 정조 견고하였으나, 이쪽에서도 욕망은 만만하지 아니하였다. 글을 쓰기 좋아하는 주생은 즉석에서 붓을 잡자 척척 내리갈겨 갔다.

　청산이 늙지 않고 푸른 나무는 길이 있는지라.
　그대가 나를 믿지 않을진대 밝은 달이 하늘에 있도다.

이런 식으로 친절하게 설명까지 붙여서 그는 감격하여 그것을 욕심내는 여인에게 주었다.

그리고 이제는 내 것이라는 듯이, 여자가 그 문서를 정성껏 봉해서 치마 품에 깊이 간직하는 동안에도 그 여자를 마음대로 애무하고 싶은 충동에 지배되었다. 배도는 문서와 제 몸을 바꾸어, 지금까지 금성탕지(金城湯池)처럼 정조 견고하게 지켜 온 풍만한 육체를 아무런 저항 없이 내맡겼다.

그 여자는 한없이 떨고 있었다. 그 누구에 대한 한인 것처럼 자기의 지키고 지켜 온 값 있는 육체를 이 사랑하는 남자에게 결연히 내던져, 그 속에서 자기의 전 존재를 증명해 보려고 애쓰는 듯하였다.

주생은 강호 유람도 자유로운 생활도 강물에 띄워 놓은 배도 완전히 잊어버린 듯하였다. 그는 생명의 실존을 비로소 열렬하게 깨달은 듯하였다. 갑자기 인생관이 달라져, 세상은 행복에 차 있는 것 같고, 자기의 이 세상의 위대한 행운아인 것같이 생각하였다.

따라서 다음날 배도가 승상에게 불려 가게 되었을 때 그의 절망은 말이 아니었다. 그는 자기의 사랑하는 육체를 강제해 가는 권력을 증오하고 그 여자가 없으면 살 것 같지 않은, 실로 캄캄한 절망을 깨달았다.

그러지 않아도 그는 어제의 초저녁 일은 불안스러워서, 배도의 육체를 경험한 뒤에 일종의 질투의 감정을 가지고, 문 밖에서 인마(人馬) 소리가 난 것은 무엇이냐고 물어 보았다.

배도는 그렇게 묻는 그의 눈을 베개를 같이 베고 누운 채 말끄러미 지켜보았다.

그리고 미소를 지으며 이렇게 아무렇지도 않은 듯이 대답하
였다.

"강변에 노 승상 댁이라고 붉은 대문 집이 있삽는데, 승상은
이미 돌아가셨삽고, 부인이 다만 1남 1녀를 거느리고 홀로 살아
오더니, 날마다 가무(歌舞)를 즐기시와 어젯밤에도 말을 보내시
고 소첩더러 오라 하셨나이다. 그러나 칭병(稱病)[1]하고 사절하
였삽지요."

하고 배도는 침실의 매력적인 미소를 지어 보였다. 그것은 다분
히 육감적이고 남자에 대한 열렬한 도취를 보이는 것이었으나,
질투의 정을 느끼고 있는 천재 시인은 좀처럼 그러한 감정에서
벗어나지 못하였다. 질투라는 감정상 그는 상대방 여자가 호의
를 보이면 보일수록 이상한 비뚤어진 심사를 어찌할 수가 없었
다. 그는 한창 피어난 육체를 마음껏 정복하고 경험하고 피로를
몰랐다. 그것으로 잠시의 불쾌한 감정을 벗어나려고 하면
서…….

그러나 이날 저녁이 어둑어둑해 왔을 때, 그의 질투의 감정은
그의 내심에서 또다시 머리를 쳐들어와 공연한 의심에까지 그
것은 번져 갔다. 노 승상의 부인이 이날 또 말을 보내 온 것이
다. 그는 필경 배도가 자기에게 거짓말을 하는 것이라고 뱃속에
서 단정하였다.

할 수 없이 내 이불 속의 여체를 보내기는 하였으나, 거기서
밤을 보내지 말고 일찍 돌아오라는 성급한 다짐만은 잊지 않았
다. 원래가 도덕적인 그는 최대의 노력으로 관대한 미덕을 발휘

---

1) 병이 있다고 핑계함.

해 본 것이다.

그러나 그 순간부터 그는 무서운 광적인 망상에 사로잡혀 도 저히 혼자서는 그 여자가 없는 이불을 지키고 있을 수가 없었 다. 그래서 그는 펄쩍 뛰어 일어나 옷을 주워 입고 배도의 뒤를 쫓았다. 배에 앉아 시나 읊고 자연이나 감상하며 유유자적하던 강호 유람객은 이제야말로 위험한 정열의 포로가 되어 십분 비 극적이라고 할 만큼 그의 전신을 긴장시켰다.

흥분한 주생은 용금문을 한달음으로 달려나가 수홍교 다리까 지 갔다. 과연 대단한 저택이 강변의 그 일대를 점령하고 있었 다. 붉은 대문의 노 승상 댁이라는 것이 바로 그 집이었다.

질투의 감정으로 권력을 증오하기 시작한 천재 시인은 이 사 치스러운 종족의 거창한 근거지를 아예 불질러 없애고 싶은 분 노마저 없지가 않았다. 하늘은 어찌해서 이러한 불로소득(不勞 所得)의 사기꾼들을 정력을 배경으로 순박한 백성들에게 군림 하며, 인류에게 죄와 악을 뿌려 놓은 간악한 종족을 그대로 두 는가? 내 계집을 빼앗아 간 것도 바로 이 집이고 보니, 이들은 선량한 백성들을 얼마만큼 괴롭히는 것일까?

'그렇다! 나는 공분(公憤)에 못 이겨서도 이 간악한 인류의 기생충들을 없애 치워야만 한다. 적어도 내 계집을 끌어안고 있 는 추악한 광경만 이 눈에 보여라. 그때는 너희와 너희의 보금 자리는 완전히 허무로 돌아간다는 것을 알리라. 굴원[1]은 낭만 을 찾아 하늘로 올라갔으나, 나는 증오하고 분노하고 질투하는 인간이다. 그 점을 똑똑히 보여 줄 테다. 나도 살아 있는 존재

---

1) 중국 전국 시대 초나라의 시인. 회왕·경양왕을 섬겨서 벼슬을 했고, 도락에 빠져 한때 방랑 생활을 하다가 멱수라에 빠져 죽었음.

라는 것을 증명해 보이고야 말 테다.'

이런 식으로 대시인은 자기와 자기의 마음에 이르며 그 거대한 저택으로 향해 달음질쳐 갔다.

문 앞에 섰을 때 안에서 부드러운 음악 소리가 들려왔다. 매우 깊은 데서 오는 그것은 가느다란 풀벌레의 울음소리와도 같은 것이었으나, 주생의 가슴의 심금을 울려 놓기에는 충분하고도 남았다. 이 천재적인 대시인은 음악 소리를 듣자 아예 감동해서, 방금까지의 온갖 분노와 증오의 감정은 일시에, 실로 깨끗이 씻어져 버리고야 말았다. 그는 오히려 마음이 후련하고 기쁠 정도였다.

시인은 문 앞을 왔다갔다하며, 시를 읊고 글을 지어 놀다가, 그중에 멋지다고 생각하는 한 편을 기둥에 썼다.

우거진 버들 너머 잔잔한 호수 있고,
그 물에는 높은 누각이 있도다.
붉고 아름다운 기와에는 청춘이 비쳐 있고,
향긋한 바람은 웃음소리를 전해 준다네.
그렇건만 화초 너머 집안 사람은 어찌 아니 뵐까.
오히려 꽃 사이로 나는 한 쌍의 제비가 되어서,
마음에 내키는 대로 집안에 날고 싶도다.
이리저리 발길을 옮기면서도 돌아가지 못하건만,
어쩌자고 석양의 강물은 수심만 돋워 줄까!

어둠은 점점 깊어져서 길이 아니 보일 정도가 되었다. 그러자 문득 그 집의 문이 열리며, 여자들의 따가운 웃음소리와 말소리가 들려오고, 이어서 말에 앉은 여자의 한 패가 문을 나오기 시작하였다.

시인은 깜짝 놀라 시상(詩想)도 죽이면서 그 옆 길가에 있는 빈 헛간으로 달려가 숨어 버렸다. 거기서 길을 지나가는 마상(馬上)의 숙녀들을 하나하나 지켜보았다. 죄다 고만고만하게 아름다운 여자들뿐이다. 입은 것도 잘들 입은 여자들이었다.

그러나 주생은 배도만한 여자는 없다고 생각하였다. 얼굴은 여하간에, 그 여자의 비밀을 혼자만이 아는 그는 그 여자만한 성숙한 풍만한 육체는 또 없다고 생각하였다. 그는 어제 이후 묘한 취미가 붙어서, 옷을 제아무리 화려하게 차려입은 여자라도 그 옷을 죄다 벗기고 볼 수 있는 투시력을 작용하기 시작하였다. 이 투시력은 그의 관찰이나 공상에 매우 편리한 방편이 되었다.

이렇게 하여 그는 하나하나 깊이 관찰하고 비교해서 보냈으나, 죄다 보내고 나니 자기의 사랑하는 여자가 없다는 것을 알았다. 그는 자기의 눈을 의심하며 부리나케 그 빈집에서 뛰쳐나왔다. 밤은 깜깜해서 10보 앞을 분간하지도 못하였다.

별안간 또다시 예의 비극적인 망상에 사로잡히기 시작한 주생은 문 앞으로 걸어가, 열려진 붉은 대문을 들어가 보았다. 아무도 눈에 띄는 사람은 없었다. 정원을 이쪽저쪽 걸어 보아도 보이는 사람이 없었다. 의혹이 점점 깊어지기만 하였다.

주생은 정원의 길을 더듬어 더욱 깊숙이 들어갔다. 캄캄한 밤이라 자세한 것은 몰라도, 화초밭과 큰 나무와 기묘한 바위와 곳곳에 꺼멓게 보이는 숲과 집들이 있었다. 이외에도 가지가지 풍경이 꽉 들어차 있는 듯하였다. 대낮에 본다면 실로 아름답고, 사람의 눈을 유혹하리라고 그는 생각하였다.

정원이 얼마나 큰 것인지 그것조차 전혀 알 수 없고 짐작도 할 수 없었다. 주생은 사방이 화초와 신기한 나무와 바위들로 둘러싸여 있는 연못에 이르렀다. 대단히 넓은 못이었다. 연 이파리가 물 위에 깔려 있고, 때마침 나뭇가지 사이로 보이기 시작한 초저녁의 달이 물 위에 고요한 아름다운 그림자를 띄워 놓고 있었다.

달빛은 점점 밝아져, 정원의 저녁 경치를 그에게 보이기 시작하였다. 그는 한 수 시를 읊어 볼까 하였으나, 문득 불빛을 보고 놀라 관심이 대번에 그쪽으로 쏠려 버리고야 말았다. 주생은 그쪽으로 달려가 나무 그늘에 숨어서 조심스럽게 망을 보았다.

아까 저녁때, 아직도 석양의 햇빛이 있을 때 멀리 담 너머로 지붕만 보이던 이 거대한 노 승상 부중의 본채가 그것인 모양이었다. 달빛으로 보아도 화려하기 짝이 없는 집이었다. 궁중의 이름난 전각(殿閣)[1]과 비긴다 하더라도 조금도 손색이 없을 것 같았다.

방금 붉은 대문을 한 패가 되어 쓸어 나간 마상의 아름다운 숙녀들도 이곳에서 놀다 간 것이 분명하였다. 사창이 반쯤 열린 안에는 매우 넓은 방인 듯한데, 촛불을 얼마나 밝혔는지 휘황찬란하게 밝아져 있었다. 반쯤 열린 사창으로 보이는 방 안의 장식이 또한 천자의 총애를 받고 있는 후궁의 신방(新房)과도 같았다.

그는 이러한 화려한 장식에 눈을 보내고 있을 수만은 없었다.

---

1) 궁전과 누각.

그 방 안에 남아 있는 세 여자를 보았기 때문이었다. 그는 좀더 다가가 그 집의 처마에 닿을 듯이 서 있는 커다란 나무 뒤에 숨어서 눈만 내놓았다.

백옥(白玉)의 서안(書案)에 의지하고 앉아 있는 이 저택의 주인 노 승상의 미망인을 보고, 주생의 마음은 그제야 온갖 불유쾌한 감정에서 풀렸다. 그것이 승상 부인이라는 것은 그 여자의 위엄 있는 태도나, 사창을 새어나오는 말소리로 이내 알 수가 있었다. 그는 공연한 질투에 끌려 있었다는 것을 생각하고 수치의 정을 금할 수가 없었다. 더구나 그 방에서 부인의 앞에 앉아 있는 그의 사랑하는 여자를 보았을 때에는 그의 자신도 모르게 아무도 보는 사람이라곤 없건만 재빨리 얼굴을 나무 뒤로 가져갔을 정도였다.

배도는 거기에서도 제일 아름다운 것같이만 생각되었다. 얼굴은 여하간에 젊고 싱싱한 육체가 그에게는 견딜 수 없는 매력이었다. 그 여자를 이런 데서 발견하고 뛰어들어가지 못하는 자기가 한없이 비굴하게만 느껴지는 것 같았다. 승상의 미망인은, 그는 나중에서야 분명히 그 여자가 미망인이라는 것을 확인하였으나, 미망인은 나이가 얼추 50 가량이나 되어 보였다. 그 여자의 화려한 단장으로 본다면 오히려 그 나이보다도 더 먹었을지 모른다. 그 여자는 기막히다는 한마디로 족할 정도로 실로 눈부시게 차려 입고 있었다.

따라서 50의 부인은 매우 화려하고 아름다웠으나 젊고 통통하게 성숙한 배도를 따를 수는 없었다. 재색(才色)[1]이 겸비한

---

1) 여자의 재주와 용모.

아름다운 배도를 그 여자가 좋아하는 것도 그 여자의 가무(歌舞)[2] 이상으로 그 젊고도 싱싱한 육체를 부인이 동경하는 때문이 아니었을까. 주생에게는 그렇게만 생각되었다. 물론 부인이 배도를 좋아한다는 것을 듣고 아는 것뿐이지만…….

이들 이외에 또 하나 여인이 부인의 바로 옆에 앉아 있었다. 여인이라고 할 것도 없는, 아직도 자라려면 멀은 듯한 14, 5밖에 아니 되는 소녀였다. 소녀는 부인의 딸이 분명하였다. 이은 것이 어머니에 못지않을 정도로, 아니 그 이상으로 화려하게 차려 입었고 얼굴도 꽤 반반하게 생겨 있었다. 옷 입은 것이 그 생긴 것을 높이려고 애쓴 듯하고 어머니의 유순함을 많이 닮은 듯하나, 그보다는 좀더 강한 성격인 듯하였다.

얼굴은 하얗고 그만하면 괜찮아서, 어떻게 보면 배도보다 잘 생긴 것같이 생각되기도 하였으나, 그러한 생각은 완전한 착각이라고 천재적인 시인은 단정하였다. 우선 병약하게 생긴 것부터가 소녀는 육체가 없다고 보았다. 더구나 성숙한 여인의 매력은 소녀의 아름다움으로는 도저히 감당하지 못할 무엇인가가 있다. 소녀의 아름다움이 미완성의 것이라고 하면, 그래서 더구나 천상적인 것이라도 한다면 성숙한 여인의 아름다움은 지상적이고 완성된 것이다. 육감적이고 보다 유혹적이다. 그 속에 무언가의 무서운 힘이 있어서 끌려가지 않고는 배기지 못할 정열적인 아름다움이다.

이런 점에서 주생은 자기의 사랑하는 여인이 단연 절세가인(絶世佳人)이라고 단정하였다. 게다가 일찍 부모를 여의고 불행

---

2) 노래와 춤.

하게 살아왔다는 그 여자의 인생 경험이 천재적인 대시인에게
는 그 여자의 미를 조성하는 주요한 내용의 하나이기도 하였다.
시인의 견해에 의한다면, 승상의 딸로서 공주처럼 편하게 자라
온 소녀는 애당초 보잘것없는데다가, 인류의 쓰레기이며, 이러
한 여자를 좋아하는 남자는 그 자체가 사기꾼이거나 쓸개빠진
악덕의 무리들이라고, 그는 격해서 반박할 정도였다. 아무튼 그
는 여기서도 자기의 여자에게 만족하고 그 비밀을 정복한 자기
가 무척 자랑스럽게도 하였다.

그래서 어서 빨리 배도와 만났으면 하였을 때, 본인인 그 여
자는 어느새 일어설 준비를 하고 있었다. 주인이 만류하는 것을
그 여자는 굳이 일어서겠다고 애걸하였다.

"다른 때는 이런 일이 없었더니라. 오늘 밤은 어찌 된 일인
가? 만날 사람이라도 있나뇨?"

이와 같이 짓궂게 나오는 미망인을 그대로 뿌리치고 나올 수
도 없어서, 배도는 주인에게 소녀처럼 수줍어하면서 주생과의
이야기를 설명하였다.

"그렇다면 진작 말할 것이지 여태까지 있었는가. 어머님은
어서 배랑을 보내시옵소서."
하고, 딸이 먼저 냉랭하게 받아 챘다.

이렇게 해서 배도는 겨우 해방되었으나, 50의 미망인은 미소
를 지어 그 여자를 보내고 배도가 문을 나가자, 이내 그 미소는
변해서 약간의 무거운 그늘이 끼쳐져 왔다. 감수가 빠른 시인의
착각인지는 몰라도……

그러나 주생은 이 이상 나무 뒤에 숨어 있을 수도 없어서 재
빨리 정원을 빠져나와 배도의 집으로 달려왔다. 그리고는 이불

을 둘러쓴 채 쿨쿨 코를 고는 척하였다.

배도는 자기 집 문을 들어서기가 무섭게 주생의 방으로 달려갔다. 주생의 방이라고는 하지만 자기의 침실이었다. 그리고는 코를 고는 그를 놀래 주기 위해서 되도록 조심스럽게 옷을 벗고 그의 이불 속으로 들어갔다. 코를 꼭 눌러 주었다.

주생은 소리를 지르며 돌아누웠다. 배도는 간드러지게 웃으며 지금 무슨 꿈을 꾸었느냐고 물었다.

꿈에 요대의 구름 속에 들어가서
구화장(九華帳) 안에서 선아(仙娥)를 꿈꾸었도다.

"선아란 무엇을 뜻하니이까?"

잠을 깨어 보니 기쁘도다. 선아가 이에 있으니,
이 집에 가득 찬 꽃과 달을 어찌하리요.

하고 천재적인 대시인은 어느새 촉감이 유쾌해진 상대방의 육체에 자기 몸을 휘어감고, 한 손으로 그 여자의 등을 애무하며 또 계속하였다.

"그대가 내 선아가 아니리요."

배도는 점점 그의 품에 파고들었다. 그리고 잠시 후에 이렇게 말하였다.

"그러하오면 낭군은 선랑이 아니오리까?"

"암! 선랑이다. 나는 그대의 선랑이요, 그대는 내 선아로다."

그러나 말은 잠시 끊겼다. 주생의 욕망은 다른 데로 향하고 있었다.

얼마 후 시인은 또 입을 열어, 여전히 시치미를 뚝 떼고 노 승상 집에서 무슨 일로 늦었느냐고 배도에게 물어 보았다.

"잔치가 파한 후, 다른 기생들은 다 돌아가게 하였더니 다만 소첩만을 머물게 하옵고, 따로 소저 선화(仙花)의 거처에 다시 작은 주안을 베푸사 늦었나이다."

주생은 그제야 그 집의 딸 이름을 알았고, 아까 날이 어둑어둑할 무렵, 말에 앉아 돌아가던 여자들이 그러고 보면 기생들이었구나 하고 새삼스럽게 마음속으로 놀랐다.

그러나 그것 이상으로 소녀의 이름을 안 것은 그에게 특별한 호기심을 주었다. 이것은 나중에 가서 더구나 생생하게 기억에 남는 일이었으나, 그는 선화라는 이름에 실물을 본 이상으로 일종의 특별한 매력을 갖게 되었다. 가무를 좋아하고 술을 좋아한다는 그것이 더욱 그에게 의미를 주는 듯도 하였다.

그래서 그는 자신도 모르게 선화에게 흥미가 끌려서 한 마디 두 마디씩 묻기 시작하였다. 이런 경우 여자는 더구나 남자와 이야기를 하고 싶어하였다. 배도는 아는 대로 설명하였다.

"선화의 자는 방경이라 하옵고 나이는 15세이온데, 얼굴이 고와 절세가인이옵더니, 게다가 시서(詩書)를 능통하옵고 수도 잘하와 첩과 같은 천한 여자는 근방에도 가지 못하나이다. 아까는 풍입송(風入松)의 시를 지어 거문고를 탔더이다."

"그 시는 어떤 것이더이까?"
하고 점점 흥미를 끌기 시작한 천재 시인은 물었다.

옥창에 꽃 피고 봄날은 따뜻한데,

고요한 집 안에는 주렴을 드렸도다.

황혼의 모래밭에 햇빛 쬐는 오리새는,

부럽게도 쌍을 지어 청춘을 즐기며,

버들에 안개는 가벼이 엉켰고,

휘늘어진 가지가지 안개 속에 간들간들,

고운 님 잠을 깨어 난간에 의지하니,

얼굴이 시름으로 함빡 젖었구나.

제비 새끼 제법 울고 앵무새는 때 가는 줄 모르고,

하염없이 지저귀는데,

아까운 이내 청춘 꿈속에 시드는 한을,

비파(琵琶)에 정을 실어 가볍게 타거니와,

곡 속의 내 원을 그 누가 알 것인가.

　배도의 기억력은 훌륭하였다. 그 여자는 한 구절도 빼지 않고 외어 보였다. 시인의 기억력은 더구나 말할 나위도 없는 것이었다. 그는 이러한 시를 마음속으로 외며, 그 한 구절 한 구절에서 지은 사람의 마음을 알아보았다. 아까 노 승상의 부중에서 자기가 소녀를 본 것은 그러면 잘못 본 것이라고 내심 정정하지 않을 수 없었다.

　왜냐하면 이만한 시를 짓기 때문이다. 무엇이나 시와 글로 끌어가려는 주생은 곰보라도 시서만 잘하는 날이면 절세가인이나 미인이라는 명예를 희사하기에 서슴지 않을 정도였다.

　따라서 이 시는 선화에 대한 그의 관점을 완전히 뒤엎는 것이 되어 버렸다. 배도는 그런 줄도 모르고 허심하게 침실의 말하기 좋은 때가 되어서 화술과 기억력을 자랑하며 이야기하였으나,

자유로운 천재 시인은 거침없이 배신자가 되어 갔다.

그는 선화의 시 속에서 그 여자를 정복할 원리를 발견하고 기뻐하였다. 모험은 그의 앞에 기다리고 있고 그것은 날이 갈수록 점점 익어 갔다. 성숙한 배도의 육체에도 그는 만족을 하지 못하였다.

그러나 배도는 특별한 여자여서 그를 영원히 버리고 싶지 않았고, 이 때문에 이날 밤 그 여자에게 조심스럽게 자기의 야심을 감추어 두는 것은 잊지 않았다.

"그러할진대 내 선아가 꽃을 다듬고 옥을 깎는 재주만은 제아무리 재덕이 높은 선화라 하더라도 당하지 못하리라."
하고 그는 배도를 칭찬해 놓았다.

이런 뒤에도 그의 배도에 대한 욕망은 한없이 불을 뿜었다. 배도 역시 그를 사랑하였다. 배도의 육체는 그를 딴사람으로 만들어 놓고, 그것은 또 그 여자를 비극으로 몰아넣는 위험한 정사(情事)이기도 하였다.

주생의 야심에 우연한 기회가 온 듯하였다. 노 승상의 부중(府中)으로 매일같이 드나들던 배도의 한두 마디 오가는 동안에 자기의 남편에 대한 시인적인 소질과 특별한 글재주와 도덕이 높은 점을 자랑스러운 듯이 죄다 설명해 버렸다. 이 때문에 승상 부중은 물론 전당에서 그의 이름을 모를 사람은 없을 정도였다. 부인 모녀의 존경을 더구나 특별하게 깊었다. 시인이란 점에서 여자들 사이에 그의 인기는 더욱 높았다.

승상 부인은 어느 날 아들 국영을 불러 이렇게 말하였다.

"네 나이 열두 살이라. 그런데도 아직 글을 배우지 못하고 있은즉, 후일이 염려되도다. 들으니 배도의 남편 주생이 학문 도

덕이 높은 선비라 하니, 네 가서 스승으로 모시고 배움을 청함
이 좋으리라."

　이렇게 해서 주생의 야심은 비로소 기회를 잡았다. 국영은 어
머니의 말을 아니 들을 수 없었고, 주생은 주생대로 높은 대접
을 받아 가며, 그들 승상부의 가족과 접촉할 기회를 가지게 되
었다.

　국영은 책을 끼고 매일 배도의 집에 가서 배우기도 하였다.
도덕이 엄한 승상 부인은 아무리 아들의 스승이라 하더라도 내
집에 들여놓아서는 아니 된다는 생각에서였다. 주생도 그 점을
옳다고 인정하고, 약간의 겸양지덕(謙讓之德)[1]마저 보이면서 국
영의 교육을 맡았다.

　며칠은 조용히 넘겼다. 국영이 겨드랑이에 책을 끼고 예정보
다 좀 늦게 와도 주생은 별로 탓하지 않았다. 곱게 자란 명문의
자제로 제 시간을 지킬 수 있겠느냐고 오히려 위로까지 해주었
다. 허약한 국영은 스승의 이러한 관용을 핑계로 삼아 점점 늦
어지기 시작하였다.

　그러자 야심가의 스승은 마침내 이러한 제안을 냈다. 그날은
마침 배도가 나가고 없는 날이어서 주생은 이런 날을 우정 택한
것이다.

　"네 왔다갔다하면서 글을 배우는 것이 아주 수고스러우니,
만약 네 집에 딴 집이라도 있어 내가 네 집으로 옮아 가 있으면
너는 왕래하느라고 괴로울 것이 없겠고, 또 나는 너를 가르치는
데 힘을 다할 수 있으리다."

---

1) 겸손한 태도로 사양함.

어머니의 명령을 지키느라고 할 수 없이 제 좋은 집을 뒤에 두고 나와 다니던 허약한 소년은 스승의 이러한 제안을 깊은 감사와 정으로 받아들였다. 스승의 제안이라면 이제는 어머니도 받아 줄 듯싶었기 때문이다. 그래서 국영은 어머니를 설복시켜 보겠다고 약속하고 돌아갔다.

승상 부인은 아들의 말을 듣고 의외에도 순순하게 승낙을 내리었다. 즉일로 옮겨 오라는 제자의 회보를 듣고, 오히려 주생 자신이 놀랐을 정도였다. 외출하였다가 돌아온 배도는 이런 사실을 알자 남편을 의심하였다. 자기가 싫어서가 아닌가 하고 주생에게 따져 들기도 하였다.

"내 듣거니와 승상 댁에는 3만 권의 귀중한 진서(珍書)가 있어서 선공의 유물인지라 밖에 내지를 아니한다 하기로, 그것을 보고자 함이로다. 게다가 어린놈의 간곡한 청을 물리칠 수 없음이라."

남편의 대답을 듣고, 배도는 의문이 풀려서 안심하였다. 더구나 공부를 하겠다는 남편이니 그 정신이 고맙기도 하였다. 사랑하는 남편을 출세시켜 보겠다는 마음은 그 여자에게도 마찬가지였다. 배도는 오히려 자신의 천한 지체를 생각하여 그러한 야심이 누구보다도 강하였다.

"낭군이 학문에 힘쓰시와 이후 영귀를 누리시겠다 하오니, 입신양명은 남아의 본분이라. 일개 아녀자가 어찌 막을 수 있으리요."

주생은 배도의 친절한 주선에 의해서 옷도 깨끗이 갈아입고, 얼마간의 행장도 수습해서 그날로 노 승상 부중으로 옮겨 갔다. 부중에서의 그의 생활은 매우 편하였다. 언젠가 분노를 느끼며,

권력과 명문 대가를 증오하였던 기억도 이제는 도리어 웃을 정도로 옛이야기 같기만 하였다. 그것도 일종의 내 질투였구나 하고 그는 생각하였다. 어쨌든 좋은 환경에서 편하게 있고 보니 만사가 태평해지는 것만 같은 대시인이었다.

그러나 야심을 이룰 기회는 전혀 없는 듯하였다. 선화와 만나는 것조차 어려울 정도였다. 부인은 자기와 만나는 일도 되도록 피하였다. 그러면서도 부인은 자기가 온 이래로 단장을 더욱 화려하게 하고, 기거동작(起居動作)에 조심하는 듯하였다. 그러나 워낙이 도덕심이 견고한 부인이기에 그 마음의 실재를 알 수는 없었으나, 주생의 야심은 단지 선화에게 쏠릴 뿐이었다.

저런 늙은 여자와 공연한 시간을 허비하다가는 중요한 야심을 이루지도 못하고 쫓겨나게 된다고, 주생은 이따금 부인의 이마에서 주름을 발견하거나, 바싹바싹 마른 입술을 볼 때 그런 생각을 하였다. 그래서 더구나 그의 마음은 초조하게 선화에게로 달려갔다.

기회가 어려우면 어려울수록 그것은 분명 유쾌한 정사가 될 것이라고, 그는 때때로 자기에게 다짐하기도 하였다. 따라서 배도의 완성된 육체 같은 것은 이제는 그의 기억에도 없을 정도가 되었다. 그러나 이러한 유쾌한 정사를 어떠한 방법으로 이루어 볼까?

며칠이 지난 지금에는 밤낮으로 이러한 생각뿐이었다. 국영은 교육 같은 것은 적당히 해치우고, 밤만 되면 그 기회를 찾기에 정신이 없었다. 선화의 방은 그의 방에서 매우 멀리 떨어져 있고, 그 방까지 가려면 몇 군데 난관을 넘지 않으면 아니 되었다.

그러나 이제는 대야심가로 변해 버린 천재 시인은 그런 동안에 이 난관의 극복을 거의 완벽하게 연구해 두었다. 선화의 취미가 고상하다는 것도 그에게는 반가운 일이었다. 부인의 가정 단속이 한층 딱딱해졌다는 것도 그에게는 오히려 길조(吉兆)가 되는 듯하였다. 그 동안 저녁을 먹으면 밖에서 시시덕거리고 놀던 시비와 노복들이 일찍 방문을 닫고 들어가기 때문이다.

이날은 달도 없는 캄캄한 밤이었다. 일부러 이런 밤을 택한 주생은 죽느냐 사느냐의 평생의 결심을 다해서 언젠가 배도를 찾으러 왔을 때 보았던 그 본채를 돌아 몇 개인가의 담을 뛰어 넘어 후당 깊숙이 들어갔다.

선화의 방에는 불이 환하게 밝혀져, 문은 열린 채 주렴이 늘여 있었다. 어둠 속에서 한참 동안 그는 망을 보았다. 전 세계가 자기의 이 모험을 도우려고 협조 정신을 발휘하고 있는 듯하였다. 그는 고마워서 어쩔 줄을 몰랐다. 선화는 잠자리의 가벼운 옷을 입고, 혼자 옥안에 기대앉아 거문고를 타고 있었다. 매우 아름다운 여자라고 생각하였다. 배도에 비해 안성된 육체는 아니더라도 이제 한창 꽃을 피우는 육체이고, 불빛에 하얗게 드러나 보이는 그 무릎의 살은 그의 마음을 완전히 압도하고도 남았다. 어째서 이러한 여자를 배도만 못하다고 하였던가 하고 그는 자기를 꾸짖기도 하였다. 배도에 비해 보다 냉정한 강한 표정도 좋았다. 거문고를 타고 있는 그 모습을 그야말로 월궁(月宮)의 항아라고 해도 좋을 정도로, 이 천재적인 대시인은 아연 경탄하기도 하였다.

주생은 아기자기한 정사의 가능을 또 한 번 확인하고 좀더 가까이 주렴이 늘여진 문 옆으로 다가갔다. 선화는 거문고를 다

타고 나서, 이번에는 소자첨의 하신랑사(賀新郎詞)를 나직한 구슬 같은 목소리로 읊기 시작하였다.

열다섯 살이라곤 하지만 그 음성은 어느덧 육체의 충실을 입증해 주고 있는 듯하였다. 적어도 주생 자신은 특별한 매력을 거기에 느꼈다.

주렴 밖에 그 누가 와 있기에,
고운 수창(繡窓)[1]을 두들겨서,
선경에 노는 이내 꿈을 깨워 주는가.
아아! 알고 보니 그대는 임이 아니고,
바람이 불어와서 대를 치누나.
바람이 불어와서 대를 친다 하지 마소.
고운 임 이에 와서 그대를 쫓네.

하고 감동한 천재 시인은 그 여자의 음성에 맞추어 자그맣게 불렀다.

선화는 조금도 놀라는 표정이 아니었다. 소녀가 저만하면 되었구나 할 정도로 매우 침착해서, 돌아보려고도 하지 않고 상대방의 노래를 전부 듣고 나자, 촛대의 불을 끄고 잠자리에 들어갔다.

이러한 그 여자의 고요한 동작으로 주생은 모든 것을 알아보았다. 그는 서슴없이 주렴을 젖히고 들어가, 이 천궁의 괴이한 요녀를 정복하였다. 그의 정복의 쾌감은 한없이 기쁘고, 백만

---

1) 비단으로 꾸민 창.

대군을 전멸로 이끌어 간 대승리보다도 더욱 영광스럽게 여겨졌다.

이날 밤의 정사는 배도의 그것에 비하여 주생의 감정에 특별한 정취를 주었다. 시인은 그것을 마음껏 경험한 듯하였다. 창밖의 나뭇가지에 앉은 앵무새 소리에 깜짝 놀라 깨어나니 어느새 새벽의 안개가 뽀얗게 천지를 덮고 있었다.

그는 이것을 다행으로 여기고, 재빨리 옷을 주워 입고 밖으로 나왔다.

잠들어 있는 것 같은 선화가 방문을 열고 얼굴을 내밀었다.

"가서는 다시는 오지 마사이다. 누가 알면 우리는 존망(存亡)이 염려되나니, 군자는 빨리 담을 넘어가옵소서."

"나는 자는 줄만 알았더니, 소저는 우리의 기연(機緣)을 그런 말로 박대하나이까? 섭섭하오이다."

"허물하지 마소서. 그 말은 저녁마다 만나자는 것이오니, 어찌 곡해하려 하시나이까? 어서 아무도 모르게 담을 넘으소서."

하고 선화는 하늘을 가리키며 안타까이 재촉하였다. 다행히 안개는 깊어서 아무도 본 사람은 없었다. 이렇게 해서 밤마다의 정사는 꼬박꼬박 지켜져 갔다. 담을 뛰어넘는다는 모험이 그들의 정사를 한없이 통쾌하게 해주었다. 열다섯 살의 소녀는 제법 어른다워서 오히려 그를 가르쳐 주고 놀라게 해줄 정도였다.

어느 날 밤인가는 역시 달이 없는 밤이었는데, 주생은 예에 따라 담을 몇 개 뛰어넘어 선화의 거처로 향하여 갔다. 매우 어두운 밤이어서 눈앞도 알아보지 못할 정도였다. 그는 후원의 해묵은 고목들 사이로 나무 줄기를 잡으며 조심스럽게 그 여자의 침실로 접근해 갔다.

그러자 별안간 신발을 끄는 인기척이 났다. 주생은 깜짝 놀라 돌아서서 도망을 치려 하였다. 그러자 또 무엇인가가 그의 잔등을 때렸다. 나무 열매였다. 그는 더욱 놀라 땅바닥에 엎드렸다. 가슴이 두근두근하니 금방 터질 것 같은 것을 그는 느꼈다. 누군가가 어둠 속에서 다가오고 있었다.

"군자는 놀라지 마사이다. 앵앵이가 여기 왔나이다."

하고 그 소리는 말하였다.

주생은 겨우 정신을 차려 일어섰다. 그리고 이 깜찍한 선화 소저를 부둥켜안고 풀밭에 뉘어 버렸다. 그들의 정사는 점점 대담해진 것이다.

이렇게 해서 또 방으로 들어가 밤을 보냈다. 방문을 굳게 닫고, 아무도 접근시키지 않으면서 재담(才談)을 떨기도 하고, 시를 읊기도 하였다. 국영이가 요즘에 와서 점점 허약해져 공부를 못 하게 된 것도 그들의 아기자기한 정사를 위해서는 매우 유리하였다.

그러나 이러한 뜨거운 정열도 그것이 뜨거우면 뜨거울수록 그들에게 슬픔을 가져다 주었다. 어느 날 밤엔가는 역시 예에 따라 담을 몇 개인가 뛰어넘은 천재 시인이 선화와 베개를 나란히 베고 누워 있었다.

선화는 그의 품에 깊이 파묻혀서 한동안 말이 없었다. 그러자 그 여자는 별안간 눈물을 뚝뚝 흘리며 슬퍼하였다. 주생은 손가락 끝으로 그 여자의 눈물 방울을 눈에서 집어 주며 이유를 물었다. 앞으로의 일을 생각하니 겁이 난다는 것이었다.

"오늘날 우리의 관계는 구름 속에 있는 달과 풀잎 속에 있는 꽃과도 같은지라 자유가 없나니, 한때는 좋은 재미를 본다 할지

라도 오래 가지 못함을 어찌 슬프다 아니하오리까? 이 비밀을
언제까지 지켜야 하오리까?"

"남아 장부 어찌하여 여자 하나 취할 수 없단 말이오? 내 결
국은 매파(媒婆)를 통해서 예를 지킬 것이니 그대는 안심하소
서."

하고 그는 위로하였다. 선화는 이러한 맹세에 약간 슬픔을 돌린
듯하였다. 그래서 감동한 소녀는 소녀다운 사랑의 맹세로 거울
을 쪼개서 그 한 쪽을 애인에게 주고, 또 비단 부채를 주었다.

"이 두 가지는 비록 미미한 것이오나 마음의 간절함을 표시
하는 것이로소이다. 첩의 소원이오니, 승란의 처를 생각하시와
가을바람을 원한 마시옵고, 설사 월궁의 항아를 잃을지라도 부
디 밝은 월색을 어여삐 여기사이다. 그리고, 이 거울은 장차 화
촉지전(華燭之典)을 올리는 날 밤 합해서 하나로 함이 좋을까
하나이다."

하고 그 여자는 더욱 사랑스러운 표정으로 말하였다. 천재적인
대시인은 사랑과 행복의 증거를 보이기 위하여 그 여자의 끈기
있는 자그만 빨간 입술을 그의 입술로 점을 찍어 주었다. 선화
는 그것을 놓지 않고 잡아끌었다. 죄악을 의식하는 사랑은 평범
한 사랑의 몇 배로 강렬하였다.

이들의 정사는 여전히 열렬하게 계속되었다. 서로의 열은 똑
같았으나, 그러나 주생의 쪽에서 약간 열이 저조해졌다. 배도와
오래도록 만나지 않아 그쪽이 궁금하였다. 그는 이 때부터 선화
와 배도를 비교해서 생각하는 나쁜 버릇이 들기 시작하였으나,
역시 완숙한 육체의 배도를 그는 잊을 수가 없었다. 이쪽이 제
아무리 열렬하다 하더라도 그것은 청결한 정신적인 것에 가까

우며, 저쪽은 육체적인, 보다 죄악에 가까웠다. 그것은 생명의 근원에 육박하는, 도저히 극복할래야 극복할 수 없는 존재의 실감을 주었다. 정사에 길이 들기 시작한 주생은 이런 식으로 이것과 저것을 비교하며 그 성격을 규정하려고 애쓰고, 이 때문에 별안간 배도를 만나고 싶어졌다. 야심과 욕망에는 언제나 기회가 있는 법이다. 그는 집에 다녀온다는 핑계를 내걸고 선화와 갈라져서 배도에게로 갔다.

이날 밤 주생은 돌아오지 아니하였다. 선화는 심심해서 견딜 수가 없었다. 불행한 망상을 불러일으키기만 하였다. 그 여자는 아무도 모르게 주생의 방에 들어가 그의 행장 보따리를 끄르고 그의 소지품을 검사하기 시작하였다. 그 여자는 자기가 그런 일을 할 수 있는 권리가 있다고, 소지품을 하나하나 살펴보면서 이기적으로 생각하기도 하였다.

배도의 시가 몇 폭 발견되었다. 선화는 그 여자의 필적을 잘 알고 있었기 때문에 이내 알아보면서 별안간 질투와 증오의 감정에 불붙어 올랐다. 기생에 적을 둔 천한 계집이라는 계급적인 관념이 함께 곁들여서 더구나 그 여자의 마음을 분노의 절정으로 끌어올렸다. 여태까지 그러한 천한 여자의 존재를 모르고 있었다는 것이 선화에게는 매우 이상하게 여겨질 정도였다.

그 여자는 무서운 질투와 망상에 사로잡힌 채, 배도의 시가 씌어 있는 몇 폭의 지편(紙片)을 문 안에 있는 뭇을 잡아 박박 지워 버렸다. 자그만 글자의 획이 나오더라도 그것이 마치 배도의 얼굴이기라도 한 것처럼 먹을 갈아 붓으로 몇 번이고 까맣게 지워 버렸다. 그리고는 거기에다 옆으로 안아미(眼兒眉)라는 시제의 글을 써 두었다. 그것은 이러하였다.

창 밖의 드문 그림자는 어른거려서,
뵈었나 하고 보면 간 곳 없이 보이지 않고,
기울어진 밝은 달은 누상에 높이 떴다.
우수수 대밭 소리는 풍류 이루어 요란하고,
드높이 솟아 있는 오동의 그림자가,
집 안에 가득해서 달빛을 막아내며,
깊어지는 이 밤은 인적도 고요한데,
공연히 내 마음에는 수심만 쌓였고나.
지금 아직도 그대는 소식을 아니 주니,
어드메 노니다가 나를 잊고 있는 건가.
아서라 생각 말자 잊으려 하지만,
따로 있는 정에 답답도 하여져서,
그래도 하마하고 때 헤이며 기다린다.

이튿날 아침 늦게야 주생은 배도의 집에서 돌아왔다. 밤에 예의 모험은 또다시 계속되었으나, 선화는 전과 다름없이 그를 대해 주었다.

행장을 끌러 본 이야기 같은 것은 전혀 하지도 않았다. 배도에 대한 이야기도 그 여자는 입을 꽉 다물고 하지 않았다. 결과가 불미스러우리라는 점에 겁을 냈기 때문이다. 주생도 그런 얘기는 되도록 피하였다. 행장에 대해서는 아직도 손대지 않았기에 전혀 알 리가 없었다. 이렇게 해서 선화와의 정사는 다시 계속되었다. 국영의 건강도 회복되어 낮에는 적당히 소년을 상대로 시간을 보내고 밤이면 예의 담을 몇 개씩 넘었다.

하루인가는 승상 부인이 주생의 노고를 위로하기 위하여 술

을 대접하기로 하고, 배도마저 불러왔다. 그 여자의 높은 도덕
이 혼자서 남의 남자에게 술을 권할 수는 없었기 때문이었다.
그래서 주생에게 술잔을 권할 때에도 직접 내밀지 않고, 배도에
게 주어서 간접적으로 권하였다.

이런 것은 50의 미망인의 품위를 매우 높이는 것같이 보였다.
따라서 주생 자신보다 배도가 좋아하였다. 그러나 천재 시인을
술로 정복해 버리는 것을 부인은 사양하지 아니하였다. 최대로
만취해서 그가 쓰러질 만큼 되자, 부인은 비로소 주생을 해방시
키며 배도에게 맡겨 놓고 나가 버렸다. 그런 후 부인은 웬일인
지 며칠 동안 얼굴도 내밀지 아니하였다.

남편을 그의 방으로 모시고 간 배도는 그를 잠자리에 뉘어 놓
고 잠이 아니 와 앉아 있었다. 주생은 마취해서 아무것도 모르
며 잠들어 있었기 때문이다. 게다가 이 댁의 딸과 관계가 있지
않은가 하고, 그 여자 나름으로 평소부터 의심해 오던 터이라,
자기도 알 수 없는 승상부중(丞相府中)의 남편의 방을 잘 살펴
보아야겠다는 호기심에 끌리기도 하였다. 사실 그 여자는 여자
의 본능으로 그 점을 직감하고 있었으나, 지금까지 아무런 뚜렷
한 증거를 잡을 수 없었기에 그대로 내버려두었다. 오늘은 다행
히 그러한 목적을 실행해 보기에 꼭 좋은 기호였다.

주생의 생활의 정확한 기록이라고도 할 수 있는 행장을 배도
는 우선 조사해 보았다. 그리고 깜짝 놀라서 예의 까맣게 박박
지워 버린 지편과 필적이 새로운 안아미사(眼兒眉詞)라는 것을
집어들었다. 그 여자는 그것이 선화의 필적이라는 것을 이내 알
아보았다. 그뿐 아니라 이것으로 모든 것을 알아보았다. 자기의
예감은 완전히 맞아들었다.

배도는 분하여 견딜 수가 없었다. 자기의 시를 지워 버리기만 아니하였더라도 그 여자는 이토록 분하지는 아니하였으리라 하고 자기의 분노를 스스로 설명하기도 하였다. 이러한 설명은 그 여자를 더욱 흥분하게 만들었다.

배도는 그것을 소매 속에 집어넣고 행장을 그대로 묶어 둔 채, 이날 밤 한잠도 이루지 못하였다. 술에 만취해서 곯아떨어진 남자가 너무나 더러운 것 같아서 그 옆에서 멀찍이 떨어져 앉아 있었다. 이와 같은 집안에 자기의 적이 숨을 쉬고 있으리라는 관념도 그 여자에게는 매우 불쾌하였다.

이튿날 아침 주생이 깨어 일어났을 때, 배도는 되도록 자기를 누르고 서서히 유도해 보았다. 증거를 잡았다는 안정감과 남의 집이라는 인식이 그 여자를 잡아 놓았다.

"국영의 공부가 아직도 끝나지 않은 때문이라."

하고 술에서 깨고 잠에서 깨어난 천재 시인은 연신 기지개를 켜며 거북한 듯이 그렇게 대답하였다.

그는 배도를 자기 쪽으로 끌어당기려 하였으나 이쪽에서 응하지 않아 의아하게 생각하는 듯하였다. 시인은 제발 이런 어려운 질문은 하지 말라는 식으로 화를 내는 그 여자를 끌어당기려 애썼다.

"이제는 처제를 가르치려고 힘쓰는 것이오니까?"

이런 말에 주생은 완전히 손을 거두어 버렸다.

그는 짐짓 놀란 척해 보였다. 그러나 마음의 혼란을 감출 수는 없었다. 누가 보아도 그 혼란을 설명해 주고 있는 얼굴을 알아볼 수가 있었다.

"대체 그게 무슨 말이오?"

배도는 대답 대신 증거물을 소매 속에서 내놓았다.

주생은 더 버텨 볼 말이 없었다. 죄의식이 대번에 그의 전신을 휘어 감았다. 처분을 기다리는 도리밖에 없다고 그는 생각하였다. 일시의 분노만 식으면 괜찮겠지 하는, 심중의 음성이 그를 가르쳐 주기도 하였다.

"담을 뛰어넘고, 개구멍을 뚫고 들어가는 따위 비루하고 추잡한 행위를 어찌 학덕군자(學德君子)가 취할 일이오니까? 양심이 있다면 그것을 보사이다. 첩은 이제부터 내당으로 들어가 부인을 찾아뵙고 이 말씀을 세세히 올리겠나이다."

이런 위협을 그대로 받아넘길 배짱은 시인에게 없었다. 그는 배도를 잡고 사죄하고 탄원하고 무수히 맹세하고 결백을 증명해 보였다. 그런 결과 배도의 분노는 약간 가라앉은 듯하였으나, 전후 시말을 죄다 고백하지 않으면 아니 되었다.

이 고백이 또한 사직(司直)의 냉엄한 관원 앞에 나선 것보다도 백배나 어려워서, 그는 몇 번인가 질책과 고문을 당하면서 되풀이하고 그 시정을 또 시정해 보고 증명하고 설명해서 겨우 고백을 끝냈다. 그러나 이 고백이 끝나자, 잔인하고 폭군적인 심문관은 또다시 분노를 폭발하며 온갖 형식으로 고문을 하기 시작하였다.

최후로 눈물과 패자의 무서운 자학이 뒤를 따랐다. 주생은 이번에는 고문을 받는 대신 위로와 맹세와 사랑의 증거를 세우느라고 진땀을 뺐다. 그는 죄인이 아니라 이제는 설교에 능한 도승이 되지 않으면 아니 되었다. 그는 이러한 어려운 난관을 거쳐서 최후로 이렇게 말하는 데까지 성공적으로 끌어왔다.

"선화 소저와 언약을 하였으니 이를 어찌하리요. 내 이것을

그대에게 말하려고 하였으나 오늘날 그것을 못 하였으니 죄 만
사무석(萬死無惜)이로소이다. 그러나 그 소저를 내 잘못으로 죽
음에 몰아넣을 수도 없는 것이 아니오니까."

　그러나 주생은 이제부터 집으로 돌아가자는 배도의 요구를
거절할 수는 없었다. 그것으로 이번 사건은 완전히 일단락을 지
어 버린 것이다.

　이렇게 해서 소문을 밖에 내지는 아니하고, 주생은 적당한 평
계를 잡아 노 승상 부중을 물러나왔다. 그에 대한 배도의 존경
은 전에 비하여 매우 떨어졌다. 선랑이라는 자랑스러운 칭호도
그 여자는 이 죄 많은 시인에게 주지 않았다.

　사건은 대체로 이것으로 완결이 되었으나, 그 비극적인 여파
는 컸다. 공부를 하지 못하게 된 국영은 그 후 병이 나서 죽어
버렸고, 선화는 사랑하는 남자를 만나지 못하게 됨으로 해서 생
병이 나서 병상에 누운 채 일어나지도 못하였다. 거의 죽게 되
었다는 소문이 돌고 있을 정도였다.

　주생도 배도의 집으로 옮겨 온 뒤에는 선화로 생각하는 마음
과 냉대를 하는 배도의 불친절 속에서 병이 나서 누운 채로 있
었다. 그중에서도 특히 불행한 일은 배도가 병을 앓아 죽게 된
점이다. 그 여자는 너무도 슬퍼서 배신당한 여자로서의 최대의
절망 끝에 죽어 간 것이다.

　배도가 이와 같이 눈을 감았을 때, 그 여자의 임종의 자리에
서 주생과 그 여자의 시비들이 모여 있을 뿐이었다. 배도는 주
생의 무릎을 베고 눈물을 흘리며 죽어 갔다. 그 여자는 최후의
유언으로, 자기가 죽거든 부디 선화를 얻어 배필로 삼을 것이
며, 자기의 시체는 낭군이 왕래하는 길가에 묻어 달라고 주생에

게 몇 번이고 당부하였다. 그렇게 되면 자기는 아무것도 바랄 것이 없다고, 그 여자는 매우 만족해하는 듯하였다. 이때까지 남편의 무릎을 베고 누군가 원망이라도 하듯이 눈물만 짓고 있던 배도는 이런 유언을 하고 난 다음에는 그 눈물도 뚝 끊고, 허심한 미소마저 지으며 조용히 죽어 간 것이다. 그 여자는 그러한 죽음의 방법으로 어차피 죽는 것이며, 죽을 때에는 누구나 좋건 그르건, 행복하건 아니하건, 절망하건 아니하건 모두가 경건한 허무로 돌아간다는 좋은 표본을 보여 주는 것 같기만 하였다.

그래서 주생의 마음은 한없이 슬프고 안타까웠다. 자기만 아니더라도 그 여자는 좀더 살아갈 수 있지 않았던가. 그것을 생각하니 그 역시 살 것 같지 아니하였다. 강호 유람도 아기자기한 정사도 뜨거운 정열도 모두가 의미를 잃고, 무가치한 것으로만 보이는 것 같았다. 인생 자체가 허무하였다. 살아갈 맛이 없고, 아무런 목적이 없는 듯하였다.

주생은 한없이 외로웠다. 산다는 것만 생각해도 괴로워 견딜 수가 없었다. 배도의 시체를 그 여자의 소원대로 호산(湖山)의 큰 길가에 묻어 주고, 제사를 지내며 슬픔과 눈물에 가득 찬 제문(祭文)을 지어서 읽어 내렸다. 그것이 끝나자, 그는 배도의 집을 시비들에게 맡겨 버리고 또다시 배에 올라 하늘에 뜬구름처럼 목적지도 없는 강호 유람의 길에 올랐다. 그러나 그것조차 이제는 아무런 의미도 없는 것 같고, 가치를 인정할 수도 없었다.

배에 올라 무홍교 다리 밑을 지나면서, 시인은 웬일인지 그곳을 영영 지나 버릴 수가 없었다. 그의 눈은 승상부중의 깊은 후

134

원으로 향해져서 거기서 떠나지 않았다. 그는 밤이 오고 날이 샐 때까지 그렇게 멍하니 지켜보면서 그곳을 떠나지 아니하였다. 장상사(長相思)[1]의 시를 읊으면서 눈물을 뿌리기도 하였다. 그것이 무엇 때문인지 알 수 없을 만큼 그는 거기에 연연한 정을 느끼고 있을 것이다.

아! 허무한 인생에서 그에게 남은 것이라곤 다만 이 정감뿐이라고 할 것인가. 그는 한갓 오락 이상의, 정사 이상의 깊은 애정을 선화에게서 느끼고 있는 것이다. 그는 이제야 선화에 대한 자신의 애정을 깨달은 것이다. 그것은 열렬한 애정이라고 해서 좋을 정도로 그의 마음에 잊기 어려운 인상을 남겨 놓았다. 그는 그거마저 잃어버린다면 완전한 절망에 빠질 것 같았다. 그러나 주생은 아침의 햇살이 찬란하게 강산을 뒤덮었을 때 다시 노를 잡고 그곳을 떨어져 갔다. 연연한 미련을 거기에 남겨 놓은 채로……

주생의 배는 며칠 뒤에 호주(湖州)의 물가에 대어졌다. 그곳에서 이름난 대갓집의 장씨를 찾아 육지에 오른 것이다. 친족이 되는 관계로 잠시 동안 그 집에서 머물러 보자는 생각에서였다. 아닌게아니라 장씨는 마음에 깊은 상처를 가지고 있는 그를 깊이 동정해서 친절히 환대해 주었다.

그뿐만이 아니라 장씨는 그의 이야기를 듣고 선화와의 혼사를 전해 주는 수고를 아끼지 아니하기까지 하였다. 다행하게도 장씨는 부인은 노 승상과는 동성의 관계이며 전부터 그이와는 친절하게 지내 온 사이였다. 따라서 장씨 부인의 서찰 한 장으

1) 오랫동안 서로 그리워함.

로 주생과 선화와의 혼사는 간단하게 성공하였다. 선화는 더 말할 나위도 없겠거니와 승상 부인은 딸의 비밀을 점점 눈치채게 되어 그렇지 않아도 주생을 찾고 있었기 때문이다. 앓고 누워 있던 선화는 별안간 기운을 얻어, 눈물과 애정에 찬 장문(長文)의 편지마저 보내 주었다. 결혼날을 구월로 잡기까지 하였다.

애인의 서간을 오랜만에 받아 본 주생은 눈물을 흘리면서 그 역시 장문의 편지를 썼다. 그러나 이것을 보내기 전에 때마침 조선이 왜적의 난을 당하게 되어, 이것을 돕기 위한 명나라의 원군에 서기(書記)라는 소임으로 그도 나가지 않으면 아니 되었다. 주생은 할 수 없이 원병의 틈에 끼어 안주에 왔을 때, 그곳 백상루에 올라 칠언시(七言詩)를 지었고, 송경2)에 와서는 애인을 생각하던 나머지 그것이 병이 되어 더 남하하지 못하였다.

나는 이러한 주생을 송경의 역관(驛館)에서 만났다. 말이 통하지 않아 글을 가지고 문답을 하다가, 답사행(踏沙行)이라는 시 한 수를 그에게서 얻었다. 이 시가 계기가 되어서 나는 그에게서 이상과 같은 이야기를 들은 것이다. 그날은 마침 비가 와서 우리는 불을 켜고 밤이 깊도록 그의 슬픈 이야기를 들은 것이다.

나는 여기에 그것을 적어서 그에 대한 우의와 감동의 표시로 해 두려 하는 바이다.

---

2) 근세 조선 이후에 개성을 송악산 밑에 있던 서울이란 뜻으로 일컫던 말.

작품 해설

　이 작품은 조선 선조에서 광해군 때 권필이 지은 소설이다. 지은이가 임진왜란 때 명나라 군사로 우리나라에 출전했던 주생이란 선비를 개성에서 만나, 그의 기구한 사랑의 역정을 듣고 감동해서 기록했다고 했으나, 이것은 지은이의 가탁이다.

　내용은 삼각 연애라는 특이한 주제를 다루고 있는데, 주생과 배도, 선화의 삼각 연애를 통해서 인생은 마련된 운명 속에 살므로 체념만이 행복한 길임을 강조하고 있다.

　주인공 주생은 과거 시험에 실패하고 장사차 옛 고향인 전당에 이른다. 거기서 자랄 때에는 소꿉장난을 같이 했으나 지금은 기생이 되어 있는 배도란 여인을 만나 사랑에 빠져 같이 살게 된다. 그러나 배도가 노래를 불러 주기 위해 다니던 노 승상 집 딸 선화를 몰래 훔쳐본 뒤부터는 배도를 잊어버리고 선화만을 열렬히 사랑하게 된다.

한편 주생을 기다리기에 지친 선화는 주생의 방에까지 가서 주생이 쓰던 단장 주머니를 풀어 보았다. 주머니 안에서 배도가 지은 시 두어 폭을 발견한 선화는 질투에 못 이겨 붓으로 까맣게 지워 버리고 자신이 시 한 수를 지어 주머니 안에 집어넣고는 나가 버렸다.

하루는 승상 부인이 술좌석을 마련하고는 배도를 불렀다.

주생은 과음하여 정신이 없으므로 혼자 따분해진 배도는 주생의 주머니를 끌러 보았다. 그녀 자신이 지은 시가 먹으로 지워진 것을 보고, 그것이 선화의 소행이라 생각하자 몹시 화가 치밀었다.

그녀는 다음날 아침, 주생과 선화와의 관계를 승상 부인에게 고하기 전에 주생에게 같이 집에 돌아갈 것을 권했다. 주생은 할 수 없이 배도를 따라 집으로 돌아갔지만 마음은 오직 선화 생각뿐이었다.

그러던 차에 갑자기 국영이 병으로 죽었다는 전갈이 와 주생
은 재물을 갖추고 영구 앞에 나아가 건을 올렸다. 이 때 선화를
보았으나 주춤하는 사이에 선화는 사라져 보이지 않았다.

몇 달 후 배도가 병을 얻어 시름시름 앓더니, 주생에게 선화
와 결혼하고, 자신의 시신을 주생이 다니는 길가에 묻어 달라는
말을 남기고 숨을 거두었다. 배도도 죽고, 국영도 죽어 다시 노
승상 집으로 돌아갈 명분마저 없어진 주생은 말없이 전당을 떠
나 상사의 아픔을 달랬다. 그 후 주생과 선화는 월하의 인연으
로 약혼했다. 그러나 결혼 날을 앞두고 조선에서 임진왜란이 일
어나 주생이 조선으로 출전했으며, 이로써 두 사람은 인연을 맺
지 못했다.

이 작품의 지은이인 권필은 조선 중기 문인으로, 자는 여장,
호는 석주로 본관은 안동이다. 선조 2년(1569)에 출생한 그는

송강 정철의 문인으로, 벼슬에 뜻을 두지 않고 시와 술로써 가
난하게 살기를 원했다. 1592년 임진왜란이 일어나자 주전론을
주장하기도 한 그는 그 뒤 명나라 사신을 접반하는 자리에 문사
로 뽑히기도 했다. 이 때 선조는 권필의 시를 보고 감탄해서 그
의 시를 곁에 두고 감상할 정도였다. 1611년 그는 광해군의 비
유씨의 아우인 유희분 등의 방종을 시로써 비판한 일로 광해군
4년인 1612년, 친국을 받고 귀양길에 올랐다. 이 때 동대문 밖
에 이르러 사람들이 주는 술을 많이 마신 탓에 이튿날 죽었다.
그 뒤 1623년 인조반정 후 지평에 추증되어 광주 운엄사에 제향
되었다. 저서로는《석주집》이 있다.

양산백전

  명나라의 성화 연간에 남양 땅에 양현이라는 사람이 살고 있
었다. 대대로 높은 벼슬을 해 온 명문거족(名門巨族)의 아들이
었고, 양현도 이들 선조의 고귀한 혈통을 이어받아 일찍부터 소
년등과(少年登科)[1]하여 벼슬이 이부상서에 올랐다.
  양현은 또한 사람됨이 관후하고 고결하고 뜻이 굳어서 주위
사람들로부터 깊은 존경을 받았다. 벼슬이 올라가면 올라갈수
록 마음은 언제나 겸손하여 선배와 동료들을 예대(禮待)하였
으니, 그들로부터 공경을 받았고, 임금에 대한 충성심도 대단
하여 다른 충신에 못지않았으니 임금의 은총이 또한 각별하시
었다.
  그야말로 양현은 당시의 이상적인 인물이었다. 부귀영화가
골고루 갖추어져 온 명나라에서 가장 행복한 사람이라고 일컫

---

  1) 어린 나이에 과거에 합격함.

어질 정도로 남부러울 것 없는 사람이었다.

양현의 부인 왕씨 역시 그에 못지않은 훌륭한 부인이었다. 학문과 도덕이 남달리 뛰어났고, 마음이 인자하고 현숙해서 주위 사람들은 물론 비복들 사이에도 열렬한 존경을 받았다. 명문 대갓집 따님으로 남편 못지않은 가문에서 태어나 부인의 교양과 긍지를 충분히 뒷받침해 주고 있다.

이렇게 해서 서로는 좋은 부부였고, 이해 있는 부부였고, 행복한 부부였다. 그들에게 무엇 하나 그리울 것이 없다고 할 정도로 행복한 가정의 행복한 주인공들이었다. 여기에서 이들에게 또 바랄 것이 무엇이 있을 것인가.

그러나 이러한 행복한 생활에도 불구하고 양현 내외는 언제나 그 마음에 한 가지 부족한 것이 있었다. 이것은 그들의 마음을 언제나 우울하게 만들고, 슬픈 그림자처럼 마음 한구석에 깔려 있었다.

그들에게 부족한 것, 우울하게 하는 것은 다름아닌 슬하에 일점 혈육이 없다는 것이었다. 자식이 없는 비애와 불행을 자식이 없는 부모만이 깨달을 수 있는 것이리라. 더구나 부모의 나이가 점점 노경에 들게 되면 그들의 생활의 전부가 이 한 가지 불행에 기울고, 이 끝없는 외로움은 그들의 모든 존재를 좌우하게 된다.

양현 내외가 바로 이러한 경우에 처해 있었다. 부인의 나이가 어느새 50에 가깝고 보니 그들의 슬픔과 불행은 대단하였다. 자식 하나만 있었으면 하는 두 내외의 마음은 참으로 간절하였다. 일평생의 모든 행복과 성의를 기울여서라도 단 한 점 혈육을 얻었으면 해서 밤낮으로 천지신명께 기도를 드렸다.

때는 방춘성화시(方春盛和時)[1]라 젊은 사람들 같으면 인생의 봄이 왔다고 즐길 때였다. 그러나 50을 바라보는 양현 내외에 봄이 있을 것인가. 자식이 없고, 자식을 원하는 이들의 마음에는 즐거움을 가져다 주는 봄도 한낱 슬픔을 안겨다 줄 따름이었다.

그래서 이 즐거운 봄날의 어느 날 밤, 양현은 자기의 슬픈 마음을 잠시나마 잊기 위하여 후원 높은 누에 올라 월색을 완상(玩賞)하며 술잔을 기울였다. 혼자서 기울이는 술이니, 그것은 더구나 한 잔 한 잔 가슴에 불행의 불을 갖다 붙이는 것 같기만 하였다. 한 잔 술을 기울일 때마다 가슴은 화끈거리고 뜨거워 올라 무거운 한숨이 길게 터져나올 뿐이었다.

술은 연거푸 여러 잔을 기울였고, 양현은 이와 같이 수없이 술을 마셨을 때, 취기는 그를 사로잡아 그는 자기도 모르게 난간을 의지하고 스르르 취한 듯이 잠들어 버렸다. 그것은 마치 모든 것에 실망한 자의 마지막 절망의 순간인 듯도 하였다.

그러자 꿈속에서 이상한 세계가 그를 찾아 주었다. 이 알 수 없는 세계에 아름다운 채운(彩雲)이 하늘을 뒤덮고, 그 채운 사이로 순백한 거룩한 선동(仙童) 하나가 난데없이 나타났다.

선동은 양현 옆으로 다가와서 꾸벅 절을 올리고, 낭랑한 음성으로 말하였다.

"소자는 천상 선동이더니, 옥제께 득죄(得罪)하와 인간에 내치시니 갈 바를 모르고 정히 방황하옵더니만 마침 창해관음보살이 지시하므로 그 분부를 좇아 이리 왔사오니 바라건대 대인은 어여삐 여기소서."

1) 바야흐로 봄이 한창 화창한 때.

양현은 이런 말에 더욱 놀라서 그를 붙들고 좀 더 자세히 물어 보려고 하였다. 그러나 이러한 노력은 그를 신비의 세계에서 내치는 결과가 되어 버리고 말았다.

그는 놀라 깨어 일어나 그것이 꿈인지 생시인지 분간할 수조차 없었다. 꿈이라고 하더라도 기쁘기 짝이 없는 꿈이었다. 현실에서 만나지 못한 아들을 꿈속에서라도 만났으니 어찌 되었든 반가운 것이 아니었을까.

양현은 기쁨과 막연한 기대에 넘쳐서 내당으로 갔다. 부인은 이 때 등잔불 밑에 앉아 평소의 그 여자답게 《예기(禮記)》를 읽고 있었다.

부인도 잠시 졸다가 깨어났다는 것이다. 두 내외는 서로 거의 같은 시간에 거의 같은 내용의 꿈을 꾼 것을 알고, 그것을 이야기하며 여기서 또 한 번 놀랐다. 신비한 기적이 이날 밤 자식이 없어서 슬퍼하는 양현 내외에 똑같이 찾아와 준 것이다.

이날 밤의 두 내외는 한없이 아름답고 열렬하였다. 또 전에 없이 즐겁고 행복하였다. 방춘화시의 아름다운 봄은 이들에게도 와 준 것이었다.

아닌게아니라 이날부터 왕씨는 태기가 있었다. 원근(遠近) 친척들은 말할 것도 없겠고, 상하 비복들의 기쁨과 놀라움은 무엇이라고 형용할 수 없을 정도였다. 이렇게 해서 열 달 만삭이 되자 해산을 하게 되었는데, 이 때 또 행복한 산모에게 기적이 일어났다.

그것은 해산을 할 때는 당연한 일이겠지만, 왕씨는 산실이 불편해서 침석에 의지하고 잠시 고통을 참고 있었다. 그러자 혼몽한 산모의 눈앞에 별안간 한 쌍의 선녀가 나타났다. 선녀들은 왕씨의 팔을 양쪽에서 잡고 해산을 돕다가 아기가 모체에서 떨어지자, 목욕을 시키고 조심스럽게 뉘어 놓았다.

이와 같이 산파 역할을 해준 선녀들은 일이 모두 끝난 후 힘 없이 누워 있는 산모에게 말하였다.

"이 아기는 천상 선동이라. 초년에 비록 액운이 있으나 그 액운이 지나면 앞길이 훤히 열려 부귀 세상에 극진하리니 부인은 귀히 길러 후사를 빛내소서."

그러자 그들은 어디론가 간 곳조차 알 수가 없었다.

산모의 희미한 시각은 차츰차츰 밝아져 왔다. 그러나 선녀들의 인상은 아직도 그 산모의 뇌리에 선명하게 남아서 떠나지 않았다. 왕씨는 얼른 몇 달 전 태기가 있을 무렵의 꿈을 생각하였다. 그것과 지금의 기적이 어딘가 비슷한 것 같아서 부인은 놀라며 하늘에 무수히 감사하였다.

그리고 왕씨는 곁에 누워 있는 자신의 조그만 분신을 바라보며, 자신의 고통도 잊고, 숱한 경악과 환희와 감사와 모성애를 느꼈다. 50이 가까운 왕씨는 그제야 비로소 생명의 창조와 그 완성이라는 신비 중의 신비에 참여한 자신에 대하여 특별한 감정을 가지고 이해해 보려고 애썼다.

그럴 때마다 아까의 신기한 기적이 왕씨의 눈에 선하게 떠오르곤 하였다. 그래서 더구나 아기가 사랑스럽고 고마워서 견딜 수가 없었다. 이 때 남편이 기쁜 얼굴로 달려 들어와 산모를 위로하고 아기를 꼭 껴안았다. 그는 기뻐서 어쩔 줄을 모르는 듯하였다.

양현은 산모를 위한 탕약을 가지고 들어왔으나 그것조차 옆에다 놓은 채 잊은 듯이 아기만 지켜보았다. 백옥 같은 옥동자요,

기남자가 분명하다고 마음속으로부터 감탄의 소리를 지르며, 아기와 산모에게 번갈아 몇 번이고 같은 말을 되풀이하였다.

양현의 얼굴에서는 기쁜 웃음이 떠나지 않고 있었다. 아기의 눈썹도, 귀도, 코도 그의 마음속에서 마음껏 부풀고 먼 훗날에까지 뻗어서 예언하고 확신하고 격찬해 마지않았다. 그는 아들의 장래를 벌써부터 확신을 가지고 단정하였다. 이렇게 생긴 아들이라면 조상의 유업(遺業)을 받들어 그것을 더욱 빛나게 해줄 훌륭한 아들이 되리라고 예견하였다.

아내가 선녀의 이야기를 하자, 그는 그것에 단정을 내리며 이 아기는 우리 둘 사이의 아기라기보다 하늘에서 내려주신 거룩한 아이이니 하느님을 모시듯 길러야 한다고 말하고 그에 따른 특별한 육아법도 한두 가지 아내에게 들려주었다. 그는 아들의 잘생긴 눈썹이나 귀 심지어는 발가락까지 가리키며 천상의 아들임이 틀림없고, 선조의 혈통을 이어받은 것이라고 증명해 보이기도 하였다.

이러한 남편의 설명을 누운 채 지켜보는 왕씨는 방글방글 한 없이 행복한 웃음으로 대꾸하였다.

양현은 산실을 돌보는 시비가 들어와서야 탕약을 알아보고, 그것을 아내에게 권하고, 시비에게 산모를 잘 돌보라는 분부를 하고 산실을 나갔다. 그는 아들의 이름을 산백이라 지었다. 그는 그리고도 몇 번이나 아들을 보기 위하여 산실에 들어오곤 하였다.

양현은 그럴 때마다 아들의 자그만 몸에서 꼭꼭 무엇인가 새로운 것을 발견하고 그것으로 해서 아내와 행복한 웃음을 지어 보았다. 이렇게 해서 즐거운 하루하루는 가는 줄도 모르게 지나

가서 어느덧 아들의 나이가 세 살이나 되었다. 산백은 같은 또래의 아이보다도 숙성하고 말도 잘하였다. 다른 아이들보다 갑절이나 크고 숙성한 것만 같았다. 그것이 도리어 부모의 마음을 걱정스럽게 해줄 정도였다.

양현 내외의 생활은 그 전부가 이제는 이 늦게 얻은 아들에게 있는 듯하였다. 그들의 관심은 모두 아들에게 끌려서 나날이 무럭무럭 자라는 것을 볼 때마다 완전히 행복한 듯하였다. 이 때까지는 아들의 건강을 위하여 공부를 그다지 과도하게 가르치지 않던 아버지였건만, 이러한 건강한 소년이 되자 이 때부터 본격적인 학문을 해야 한다고 주장하기 시작하였다.

산백도 물론 어려서부터 재치가 있고 총명하였다. 이런 아이는 보통 언제나 그러하듯이 공부를 잘하고 하나를 가르치면 열을 안다는 식이었다. 그래서 아버지가 건강을 우려하여 공부에 그다지 힘을 쓰지 않는 것 같은 때에도 그의 학습의 진도는 남의 몇 배로 빨랐다. 이 때가 되어 아들의 학습에 열을 내기 시작한 아버지는 그를 유명한 운향사라는 절에 들여보내기로 결심하였다.

남편의 이러한 결심에 대하여 현숙한 부인도 반대하지 않았다. 원래가 교양이 높고 학문이 깊은 부인은 아들의 교육에 특별한 관심을 가지고 있었다. 반대하는 자가 있다면 그것은 부모의 곁을 떠나고 싶지 않은 산백 자신이라고나 할 일이었다.

이렇게 해서 어느새 열네 살의 씩씩한 소년이 된 양산백은 그에게 충성을 다하는 서동을 하나 데리고 부모의 슬하를 떠나 운향사로 향하였다.

운향사가 있는 산은 매우 깊고 험하였다. 자연의 장엄한 위력과 신비를 자랑하는 온갖 요소로 꽉 차 있는 산이었다. 기암괴봉이나, 깎아지른 듯한 절벽이나, 천길이 넘을 듯싶은 폭포나, 아름다운 소리를 내며 흐르는 계곡의 물이나, 늙은 소나무나, 밤이면 무서운 울음소리를 내는 산짐승이나, 아침저녁이면 언제 없어졌다가 찾아드는지도 알 수 없는 깊은 안개나, 대낮의 산봉우리에 걸려 있는 푸른 하늘의 아름다운 흰 구름이나 그 무엇이든 이러한 깊은 산을 상징할 만한 것은 얼마든지 볼 수 있다. 한마디로 말해서 종교적인 엄숙한 분위기를 과시하고도 남을 수 있는 대자연의 공포와 묘를 마음껏 간직하고 있는, 그것은 저 중국의 명산 중의 한 산임에 틀림이 없었다.

열네 살의 나이 어린 소년은 자기를 지켜주는 서동을 뒤에 이끌고, 이 대자연의 신비를 걸음을 옮길 때마다 한참씩 서서 놀라고 음미하면서 한 걸음 한 걸음 조심스럽게 산골짜기의 길을 밟아서 더듬어 올라갔다. 산기슭에서 운향사가 있는 주봉의 턱밑 산중까지는 한나절도 더 걸릴 정도의 먼 길이었다.

그것은 계곡과 절벽과 산을 돌고 돌아서 한없이 뻗어 오른, 때로는 가파르고 때로는 절벽 같은 길을 내려가야만 하는 참으로 험한 산길이었다. 산문 못 미처에 이르렀을 때 같은 방향으로 오는 또 하나 저쪽 길에 역시 같은 차림을, 그리고 나이도 비슷한 소년이 나타났다. 양산백은 약간 의문도 없지 않았으나 그 소년도 산백과 같은 목적으로 오는 것이 그의 눈에 완연하게 보였다. 동자 하나를 데리고 있는 것도 그와 꼭 같았다.

그래서 산백은 처음부터 상대방 소년과 아예 동무가 된 듯한 반가운 마음을 가지게 되었다. 상대방도 이쪽의 목적을 알아보며 반가워하는 듯하였다.

"공자는 어디에서 오시며, 존성대명(尊姓大名)[1]을 무엇이라 하시나이까?"

하고 상대방이 세 갈래의 길에 와서 서로가 마주쳤을 때, 양산백은 손에 쥔 백우선(白羽扇)[2]을 고쳐 쥐며 이 첫 대면의 글동무에게 제법 경의를 표시하면서 먼저 말을 건네 보았다.

상대방 소년도 우선 빙그레 미소를 지어 보였다. 그런데 상대방은 여자 같고 여자 중에서도 실로 뛰어나게 아름다워서 양산백은 자신도 모르게 놀랐을 정도였다. 나중에 음성을 들었을 때에는 정말 여자임에 틀림없다 하면서 내심 단정해 보이기까지 하였다.

"소생은 평강 땅에서 사오며 추양대라 하오이다. 소생은 본디 머리가 둔하여 글자를 잘 해득하지 못하와 이제 처음으로 운향사를 구경하고자 왔거니와 현형(賢兄)은 어디 계시며 어디로 가시나이까?"

"소생은 남양 땅에 사는 양상서의 독자인 산백이라 하며, 마침 운향사로 공부하고자 오는 길이오이다. 천행으로 존형(尊兄)을 만나매 정이 자연 구면 같으니, 알지 못할세라. 우리 연분이 지중하여 만난 것이 아니로소이까?"

양산백은 말이 오갈 때마다 자신도 알 수 없게끔 이상하게 기쁘기만 하였다. 상대방의 겸손하고, 좋은 가정에서 태어난 것 같은 점도 겸해서 그의 마음을 기쁘게 해주었다.

주인은 주인대로 기뻐하고 반가워할 때, 동자놈들도 저희들끼리 뒤에서 눈을 마주치며 눈짓으로 인사를 하였다. 그 눈짓은

---

1) 상대방의 성명을 높이어 일컫는 말.
2) 새의 흰 깃으로 만든 부채.

주인들의 말보다도 더 명확한 의사를 표시하듯 하였다. 서로는 아무래도 주인이 절로 올라가 행장을 푼 뒤에 조용히 만나서 자세한 이야기를 하자 하고 약속을 한 모양이었다. 그러나 주인들이 이제는 같은 길인 산문으로 향하여 나란히 걸으며 이야기를 할 때에는 그들은 뒤를 약간 떨어져서 걸으면서 무언가 지껄였다.

길은 거기서부터 역시 조금씩 올라가기는 하지만, 조금 넓어져서 두 사람이 이야기를 나누며 나란히 걷기에 꼭 좋았다. 양산백과 추양대는 옆에서 보기에도 매우 다정스러운 동무처럼 고향 이야기니 집안 이야기니 장래의 포부니 그런 것을 피차 묻고 대답하여 즐겁게 걸어 올라갔다.

이 문답에서 양산백은 자기 자신과 비슷한 가정이며 환경인데 놀라지 않을 수가 없었다. 그러나 추양대가 남자가 아닌 여자라는 확증은 여전히 그 얘기에서도 얻지 못하였다. 그래서 남자라고 믿을 수밖에 없었고 흔히 남자 중에도 여자다운 남자가 있고 더구나 이만한 열네 살의 소년일 경우에는 이 소년은 여자였으면 더욱 아름답고 좋았겠는데 조물이 무슨 착오로 이러한 여자 아닌 남자를 만들어 놓았을까 하는 생각만을 갖고 더 이상 의심을 하지 않기로 하였다.

만약 추양대가 여자라면 처음부터 이와 같이 다정할 수도 없고, 또 남녀 칠세 부동석(男女七歲不同席)이라는 엄연한 교훈이 있고 보면, 더 더욱 남자이기를 바라는 마음이 간절할 정도였다. 이토록 산백이 관심을 갖는 것은 한마디로 말하여 추양대가 너무도 아름답고 우아해서 여자를 닮은 듯하였다. 그러나 추양대가 여자라는 것을 알려면 아직도 오랜 시일이 필요하였다.

주인에게 노예의 충성을 맹세한 추양대의 동자놈도 그 한 가
지 점만은 언제까지라도 조심스럽게 입을 꼭 다물고 발설하지
않았기 때문이다.

추양대를 여자가 아닌가 하고 의심하면서도 남자라고 편리한
대로 결론을 지어 버리는 양산백의 의문에는 그것을 자세히 분
석해 보면 추양대에게 역시 남자다운 점이 있다는 결과로도 되
었다. 그것은 비단 추양대가 남장을 한 데서 오는 것만은 아니
었다. 활달한 성격이라든가 남성적인 취미라든가 의지 같은 데
서도 그러하였다. 아무튼 추양대를 낳았을 때 부모가 남자아이
를 무척 바랐고 그래서 남자의 이름과 의복을 늘 입혀 왔다는
사실만 보더라도 알 만한 일이었다.

추양대가 이 세상에 나온 것은 양산백이 이 세상에 나온 것과
꼭 같은 기적의 경로를 밟아서 나왔다. 두 사람은 서로의 이야
기에서 여자라는 성별만을 제외하고 그 점을 확인하며 똑같이
놀랐다. 부모가 연광(年光)이 반이 넘을 때까지 슬하에 일점 혈
육이 없었다는 것도 두 사람의 경우는 같았고, 그것을 슬퍼하다
가 부모 내외가 꿈을 꾸고 낳았다는 점도 같았고, 열 달 만삭에
꿈 같은 기적을 안고 어머니가 나를 낳았다는 점도 두 사람은
꼭 같았다.

다만 다르다는 점은 저쪽은 여자고 이쪽은 남자라는 점만이
다른 것이리라. 그래서 태몽의 내용도 약간 달랐으나 그것은 여
자라고 밝히는 것을 꺼려하는 추양대가 적당히 이야기를 하였
기 때문에 역시 같았다. 하기야 이러한 나를 낳은 어머니의 태
몽 같은 태고의 고색창연한 이야기가 되어서 전해 듣고서야 안
다는 그 본래의 성질상 적당히 이야기를 해도 그다지 죄가 되는

것은 아니다.

이렇게 해서 두 남녀는 이 세상의 햇빛을 쪼일 때까지 신기하게도 같은 비밀을 안고 인간에 내려온 것이니, 장소는 다를망정 때는 비슷해서 나이도 같고 게다가 가정 환경도 거의 같으니 실로 하늘이 정해 주신 연적으로 같은 길에서 만났다고 하는 것은 이 또한 무슨 망령된 운명의 장난이라고 할 것인가.

이 세상은 비록 다채롭다고 하더라도 때로는 우연의 일치가 있어서 오히려 이러한 우연의 일치를 인간은 믿지 않는 법이다. 그것은 여하간 추양대의 가정도 양산백의 가정만큼 부유하고, 대대로 부귀영화가 겸비한 행복한 명문거족의 집안이었다. 추양대의 아버지인 추이라는 사람은 양산백의 아버지인 양현만큼 재주가 있고 가문이 좋아서 일찍 소년등과하였고 벼슬도 양현만큼 높직이 상서령에 이르렀다.

추이는 양현과 똑같이 많은 사람들의 존경을 받았고, 강직한 충신이어서 임금의 은총도 두터웠다. 그의 아내도 양현 아내 못지않게 학문과 도덕이 높은 현숙한 여자였다. 한 시대의 한 사회에 있어서 불행한 인간이나 가정들이라면 몰라도 같은 정도의 가장 행복한 인간이나 가정이라면 그것도 차이점을 발견하기도 어려울 정도로 대충 같은 것이 아닐까. 나이 어린 양산백과 추양대는 서로의 이야기에서 그 점을 발견하고 더욱 반가워하였다.

불행한 사람은 불행한 사람의 향수가 있고, 행복한 사람은 행복한 사람의 향수가 있다. 그 바로 이 두 소년 소녀의 경험한 감정이 정확하게 증명해 주었다. 이렇게 해서 천생연분의 두 소년 소녀는 그러나 서로 이성이라는 것은 모르면서, 뒤에 그들끼리 또 역시 향수의 천국을 이루며 따라오는 노비들을 대동하고, 즐겁게 이야기하고 장래를 설계하면서, 최후의 목적지인 운향사의 자랑스러운 산문을 들어갔다.

그러자 이들의 명랑한 음성을 들었는지, 이 깊은 산중의 장중한 법성(法城)[1]을 지키고 있는 몇몇 불제자들이 재빨리 달려나와 두 소년 소녀를 맞이해 주었다. 중들은 그들의 독특한 겸허한 태도로 합장배례하고, 일찍 나와 영접하지 못한 것을 겸손하게 사과하였다.

"우리 양인은 유산객(遊山客)[2]이라."

하고 양산백이 아무래도 자기가 나서야 할 일이라고 생각하고, 자기 두 사람을 대신해서 그들에게 대답하였다.

"이곳에 유하여 공부를 성사하고자 하나니, 존사는 유벽한 객실을 빌리면 거처하고자 하나이다."

중들이 이 소년 선비들의 요구대로 법당 뒤 한적한 객실로 인도해 주었다. 그들은 또 이 두 소년을 위하여 거처를 깨끗이 청소하고 공부하기에 적당한 환경을 만들어 주며 온갖 친절을 아끼지 않았다. 거기에 동자들의 멸사봉공(滅私奉公)[3]하는 충성심도 곁들여 양산백과 추양대는 자기 집에 있는 것과 조금도 다를 것이 없었다.

불전에는 적당히 성의를 보여 불공을 들여놓았으니 불제자들도 만족한 듯하였고 두 소년의 부유한 재력과 명문거족이라는

---

1) 불법(佛法)이 견고하고, 신뢰할 수 있으며, 온갖 악을 막는다고 해서 이것을 성(城)에 비유하여 일컫는 말.
2) 산으로 놀러 다니는 사람.
3) 사(私)를 버리고 공(公)을 위하여 힘써 일함.

156

명예가 그들의 존경을 십분 발휘하게 해서 모든 것은 대체로 원만하게 돌아갔다. 공부에 열중하고 시서(詩書)를 토론하며 즐길 때 동자들은 해방의 감격을 느끼며 법당 한모퉁이에서 저희들끼리 화제를 만들어 이야기를 하였으나 그럴 때마다 그들의 입에서 운향사의 이름에 걸릴 만한 말이 나오고, 때로는 중들의 절을 친 그들의 특이한 풍자로 이야기하는 것을 봐도 이 절은 아무튼 부잣집 자제들이 공부하고 수양하기에는 적합한 곳이었다. 그래서 절은 점점 유족해지고, 해마다 이 성의 영역은 넓어지고, 불상과 건물은 늘어나고, 찾아오는 사람들은 많아졌다.

양산백의 아버지와 추양대의 아버지가 똑같이 자기의 사랑하는 자녀를 안심하고 이곳에 들여보낸 이유도 바로 이러한 점에 있다 하겠다. 그들은 운향사의 존경받을 만한 후원자들이었다. 동자들은 자기네 주인의 재력을, 그리고 인자한 박애 사상을 자랑삼아 이야기하곤 하였다.

양산백과 추양대는 이와 같은 다시없는 환경 속에서 학업의 공은 나날이 늘어가기만 하였다. 서로는 재주와 총명과 열의에 있어서도 거의 비슷한 적수가 되어서 모르는 것을 가르치고 도와, 말하자면 한 사람이 두 사람의 공부를 하는 셈이었다. 그것이 더구나 똑같은 천재들이 보니 범인들로서는 상상조차 하지 못한 급속한 진보를 가져왔다.

이렇게 해서 두 사람의 학업이 누가 봐도 알 수 있을 만큼 괄목하게 발전하는 가운데 어느덧 3년이란 해를 맞이하였다. 그동안 학문은 깊고 높아졌으나 양산백이 계속 마음속에 간직해 온 의문은 여전히 풀리지 않았다. 그는 오히려 요즘에 와서 갑자기 추양대를 여자로 단정하고 싶은 마음이 열을 띠어 왔다. 3

년의 학업이 이루어지자 그는 서서히 이 중대한 문제를 밝혀 보고 싶었다.

어느 날인가는 서로의 우정을 나중까지 맹세하기 위하여 두 사람은 불전 맹약을 하였다. 서로는 의형제가 되어 죽을 때까지 이 성스러운 우의를 배신하지 말자는 것이다. 생일을 비교해 보니 양산백 쪽이 며칠인가 앞섰다는 것을 알았기 때문이다. 체격으로 봐도 양산백이 훨씬 크고 위가 됨은 더 말할 나위도 없었다.

이 체격을 비교하는 얄미운 장난이 나왔을 때, 양산백은 추양대더러 여자가 되었더라면 더욱 좋았겠다, 그러기만 하였더라면 추양대는 더욱 아름다웠을 것이고 다시없는 천생연분이 되어 의형제 대신 부부가 될 수 있는데 하고 대담하게 농을 하기도 하였다. 그러자 추양대는 정말 여자처럼 양 볼이 수줍게 빨개져 눈을 내리뜨고 특별한 의미의 미소를 지어 보였다.

이런 일이 있은 후부터 양산백의 의문은 더욱 더 긴장하기 시작하였다. 서로는 공부도 한방에서 하였고 잠자리도 같은 방에서 아래 윗목을 차지하였다. 겨울이면 아랫목을 차지하고 자는 양산백이 추양대더러 가까이 오라고 친절하게 청하곤 하였으나, 추양대는 여전히 윗목에서 잠을 잤다. 언제나 옷을 입은 채로 자는 추양대의 태도는 양산백에게는 의문이 아닐 수 없었다. 게다가 요즘에 와서 추양대의 육체적 변화가 점점 눈에 띄고 그것은 아무리 해도 감출 수 없는 현실이 되고 말았다.

양산백은 추양대의 비밀을 탐지해 볼 결심을 하였다. 3년의 공을 이루고 보니 그의 주위가 산만해지고, 공연한 심사가 나는 것도 어쩔 수 없었다. 남녀 칠세 부동석이라는 엄연한 덕목이 그의 선성(善性)을 압도하는 죄악감을 전신에 느끼면서, 그러나 그것을 한편 유쾌하게 생각하기도 하면서, 어느 날 밤인가는 추양대가 깊은 잠이 들었을 때 슬며시 그쪽으로 기어갔다. 여자였으면 하는 기대는 이상하게도 그를 맹렬하게 유혹하였다.

양산백은 되도록 자연스러움을 가장하려고 애썼다. 처음 자기 이불을 그쪽으로 끌어가려고 생각해 보았으나 그것은 좋지 않다고 생각하였다. 그래서 만약 발각되는 경우에는 고단해서 잠을 험하게 잤다는 핑계를 갖기 위하여, 추양대의 옆으로 누운 채 기어가, 그 옆에서 잠시 동안 잠을 가장하고 모든 신경을 모아 상대방의 동정을 살펴보았다.

그의 가슴은 두근두근하며 몇 번인가 이 추악한 죄악의 탐색전을 그만 단념할까 하고도 생각하였다. 그러나 이런 경우의 내심의 맹렬한 투쟁의 결과 그의 도덕은 완전히 패배해 버리고야 말았다. 그는 전에는 경험해 보지 못한 초인적인 강한 생명의 약동을 느끼는 듯하였다.

결국 그의 마음의 악마는 승리해서 3년 동안의 형설지공(螢雪之功)[1]도 인내력도 도덕적 긍지도 나무아미타불이 되어 마침내 그는 한 손을 추양대의 이불 속으로 가져갔다. 이 때도 그는 비상한 주의력과 경계심을 발동하여 자연스럽게 가장하려고 애썼다. 언젠가 도둑의 이야기를 동자로부터 들은 일이 있는데, 그 도둑의 마음이 이런 것이 아니었을까 하고도 그는 생각하였다. 인간은 언제나 도둑이 되고 악인이 될 수 있다는 증거를 발견한 듯하여, 그는 어둠 속에서도 얼굴을 화끈하게 느끼며 이내 그

---

1) 중국 진(晉)나라의 차윤이 반딧불로 글을 읽고 손강이 눈빛으로 글을 읽었다는 고사에서, 갖은 고생을 하여 학문을 닦음을 가리키는 말.

손을 빼려고 하였다.

그러나 그의 힘 대신 추양대의 힘에 의하여 그 손을 돌려졌다. 그는 일부러 잠짓을 해 보이며, 몸을 한 바퀴 커다랗게 뒤쳐 자기 이불 쪽으로 돌아누워 여전히 씩씩 자는 척하였다. 이때 아닌 침범에 놀라 추양대는 이불을 제치며 일어나 앉았다.

"아무리 곤하기로 무슨 잠을 이토록 험하게 주무실까!"
하고, 그 자는 머리맡의 촛대에 불을 켜고 그 불빛으로 양산백의 자는 광경을 살펴보며 그렇게 혼잣말을 중얼거렸다.

반대 방향으로 누워서 여전히 곤하게 자는 척하는 양산백은 얼굴이 화끈거려 견딜 수 없었다. 죄악감에 죽고 싶을 정도였다. 다행히 잠짓이라고 인정해 주는 것이 고마울 정도였다. 그러자 그의 죄악감은 사라지고, 이제는 호기심이 또다시 그의 마음에 살아서 여자가 틀림이 없다는 단정을 내리기에 그는 내심 주저하지 않았다.

추양대는 양산백의 변태적인 모험을 잠짓으로만 믿는 듯하였다. 그러나 잠이 오지 않아 책을 펼쳐 놓고 보기 시작하였다. 양산백도 역시 잠이 오지 않았으나, 그렇다고 일어나 앉을 수도 없어서 그대로 자는 척하였다. 그것이 더욱 어려운 고역이었다.

이로부터 며칠 동안은 아무런 일도 없었다. 양산백 자신이 접근을 피하였고 조심스럽게 날을 보냈다. 양심과 도덕이 승리를 한 일종의 자숙 기간이었다. 그러나 그의 마음속의 악마가 완전히 죽어 버린 것은 아니었다. 때때로 자신을 누르고 그것은 머리를 쳐들어서 그의 모험심을 선동하는 수도 있었다. 어쨌든 양산백은 이와 같이 자숙하면서도 일정의 거리를 두고 추양대를 관찰하고, 여자라는 자기의 확신에 더욱 분명한 증거를 잡는 데

게을리하지 않았다. 눈살이 찌푸려질, 보다 추악한 탐색의 방법도 생각이 났으나 그의 도덕심이 그런 방법만큼은 용납하지 않았다.

이런 중에도 서로의 우정은 더욱 가까워졌다. 본능이라고 할까 무엇인가의 초연한 힘이 서로의 마음을 자꾸만 끌어당기고 있는 듯도 하였다. 그것은 우정을 넘어서서 애정의 접근이라고도 할 수 있었다. 서로는 똑같이 이 애정의 성질을 잘 알지 못하고 있었으나, 그런 중에도 양산백은 더구나 초조한 듯하였다. 여자라는 증거만 분명하게 잡는다면 그는 대번에 이 아름다운 여성에게 노예의 맹세를 해 보이고 싶을 정도로 그의 마음은 점점 흥분에 올랐다.

이에 비하여 추양대의 쪽은 아주 평온한 상태였다. 학업을 완성하고 이제는 돌아갈 때도 얼마 남지 않았으니 그것을 잘 마치고 돌아가면, 집에 돌아가서도 부모를 통하여 적당히 예를 벗어나지 않는 방법으로 양산백에게 구혼을 할 수도 있겠다고 낙관하고 있을 정도였다. 요조숙녀의 미덕만은 꼭 지켜야 한다고 마음 굳게 결심하고 있었다. 그래서 더욱 자신의 비밀을 완벽하게 지켜 가리라고 생각하였다.

심증을 얻기만 한 양산백은 여전히 불안하였다. 이렇게 되고 보니 공부도 되지 않았다. 공연스레 혼자서 산을 뛰어다니기도 하고 높은 바위 위에 앉아 우두커니 하늘의 흰 구름을 바라보기도 하고, 때로는 산새들이 서로 좋아서 노는 것을 바라보다가 자신도 알 수 없는 기묘한 감동에 흥분한 채 자기 방으로 돌아오는 일도 있었다. 어떤 때는 묘한 생각이 나서 추양대의 동자를 산으로 데리고 가 그의 주인에 대한 비밀을 이렇게 저렇게 찾아보려고 애썼으나 그것은 결국 헛수고로 돌아가고야 말았다.

이러던 어느 날 양산백의 의문은 또다시 맹렬한 힘을 가지고 그의 마음에서 머리를 쳐들어왔다. 그의 양심도 도덕도 신도 그것을 제패할 수 없었다. 그는 그야말로 악마의 포로가 되어 그것의 지배 속에 자신을 완전히 내맡겨 버린 듯하였다.

이날 밤 양산백은 그때 이후 처음으로 대담한 모험을 시도하였다. 추양대는 매우 곤하게 잠들은 듯하였다. 창문의 달빛조차 없는 캄캄한 방 안에서 잠자는 숨소리는 그것을 증명하였다.

양산백은 자기의 행동에 합리적인 이유를 찾기도 하였다. 상대방이 여자라면 이만한 모험쯤은 남자로서 실로 당연한 일이 아닌가. 공자에게도 부인은 있으며, 성군으로 만고에 이름 있는 문왕도 여자를 좋아하지 않았던가. 《시경(詩經)》[1]의 첫머리에 요조숙녀를 칭찬한 것도 군자가 할 일이다. 그는 자기의 공상에 날개를 달아서 무한한 허공을 날게 하며 고금의 그럴싸한 실례를 찾아내어 자기의 행동을 변호하기 시작하였다.

추양대가 놀라 눈을 떠서 자기를 비난한다면 이렇게 대답하리라 하고 그는 머릿속에서 그에 대한 온갖 준비를 하였다. 범죄자의 심리적 경험과 똑같은 경험을 그도 이 순간에 마음속에서 하고 있었다.

양산백은 자기가 추양대를 열렬히 사랑한다고도 생각하였다. 추양대가 만일 자신의 심중과는 달리 여자가 아니라면 아예 절망해서 자살이라도 해 버릴 정도로 그는 이 세상의 어떠한 애인

---

1) 삼경(三經)의 하나로, 은나라 때부터 춘추 시대까지의 시를 실었음.

들보다도 더욱 열광적으로 추양대를 사랑하고 있다고 자기에게 다짐하기도 하였다. 이러한 감정은 그의 모험적인 행동에 더욱 맹렬한 불을 붙여 놓은 결과가 되었다.

이렇게 해서 불같이 흥분한 양산백은 전에 없이 대담하게 상대방에게 접근해 갔다. 추양대의 이불 속으로 자기 몸을 바짝 붙여 놓고 추양대의 가슴을 더듬었다. 순간 그는 승리의 환성을 질렀다. 전신의 피가 그 손에 집중되고, 모든 생명력이 그 손끝에 모여든 것 같아 스스로 놀라서 손을 뗐다. 손바닥의 촉감은 뗀 후에도 더욱 선명하게 느껴져서 나중에도 생각한 일이지만 그 인상은 영원히 사라지지 않았다.

양산백은 전신이 부르르 떨렸다. 그 강한 자극적인 육체의 희열을 억제하려고 하면 할수록 더욱 맹렬해져서 처리하기에 곤란하였다. 되도록 상대방을 잠에서 깨우고 싶지 않았다. 상대방이 모르는 중에 상대방의 비밀을 알아본다는 것은 매우 유쾌한 일이었다.

그는 다시 조심스럽게 손을 써서 그 여자의 옷고름을 풀었다. 추양대는 아무런 반응도 없었다. 그는 유쾌하고 사랑스러워 견딜 수 없었다. 부풀어오른 그녀의 젖가슴과 그 말할 수 없이 매혹적인 체온은 단번에 그의 모든 존재를 사로잡아 버렸다. 그는 자기 몸을 그 여자에게 내던지며 얼굴을 들어 그 여자의 뺨에 대고 자기 뺨을 비볐다. 그리고 자기 입을 그 여자의 입으로 가져가려 하였을 때 추양대는 비로소 발칵 놀라며 소스라쳐 일어나 앉았다.

그러나 그때처럼 추양대는 불을 켜지 않았다. 어둠 속에서도 그녀가 몹시 분격하는 것은 알 수 있었으나 그 이상 반발을 보이지는 않았다. 양산백은 무어라고 해야 좋을지 알 수 없었다. 자기 자신조차 알 수 없는 이 묘한 유쾌하지 않은 감정에 빠져 있었다.

그러나 이러한 감정은 오래 가지 않았다. 자기가 취한 행동에 대한 상대방의 인정을 받고 싶은 필요를 느끼기 시작하였다. 이 요구는 그를 또다시 대담하게 하였다.

양산백은 자기의 모험을 사과한다고 말하였다. 그러나 그것은 어디까지나 내가 한 일이 아니고, 저항할 수 없는 무엇인가의 힘, 본능의 욕구가 그렇게 한 것이라고 변명하였다. 꽃을 보고 달려드는 나비가 죄인이 될 수 있느냐고 그는 자기를 변명해서 말하였다. 그것은 어디까지나 그에게 자기를 감추고 있는 추양대의 잘못에 기인하는 것이라고 말하기도 하였다.

그리고 그녀를 위로하며 그는 지금까지의 우정 이상으로 그녀를 사랑한다고 맹세해 보였다. 자기는 처음부터 추양대가 여자인 것을 알았고, 여자이기를 바랐다고 그는 말하였다. 이것은 천생연분이며, 기연(奇緣)이라 할 수 있으니, 서로는 아무리 감추고 떨어지려고 애써도 소용이 없는 것이라고도 그는 말하였다. 그러는 동안 추양대는 아무런 대꾸도 없이 울고만 있었다.

그것이 안타깝고 가엾은 듯해서 양산백은 그녀의 옆으로 가다가 어깨를 쓸어 주며 위로해 주었다. 천생연분이란 말과 백년해로라는 말을 몇 번이고 되풀이하며 맹세하였다. 그리고 불안을 덜어 주기 위하여 불을 켰다. 추양대는 양산백이 풀어놓은 앞자락 옷을 만지기 시작하였다.

양 뺨이 빨갛게 흥분해 있었다. 그 위로 눈물이 흐른 자국이 보이고, 눈시울에도 이슬방울 같은 눈물이 담겨져 희미한 불빛

에 반짝반짝 빛나고 있었다. 그것이 더욱 그 여자를 여자처럼
해주고 한없이 아름다웠다.

　양산백은 또다시 정식으로 사과하고 구혼하고 맹세해 보이고
자기의 욕망을 들어 줄 것을 요구하였다. 이 성급한 소년 선비
는 상대방을 정복할 욕망에만 열중하여 그것을 실현시켜 보려
고 애쓰는 듯하였다. 그의 혼은 한없이 단순하고 결백하였다.
육체적 욕망의 실현을 그는 결혼이라고 보았고, 그렇게 하기로
결심하였다. 육체 관계를 떠난 결혼이라든가 애정이라든가를
그는 인정하지도 않고 생각하지도 않고 있었다. 그는 동물적인
욕망에 따라 동침을 요구하였고 그것을 백년해로의 입문이며
증거라고 솔직하게 인정하였다.

　이러한 관념과 사상은 여자 편에 있어서도 똑같아서 서로는
논리의 착오나 관념의 차이 같은 것은 추호도 없었다. 그러니
육례(六禮)를 밟지 않은 결혼이나 동침이 있을 수 있을 것인가.
부모도 모르는 결혼을 인정할 수는 없었다. 효심이 강하고 덕성
이 높은 추양대는 더구나 그러한 범죄를 용인할 수는 없었다.

　추양대는 눈물을 뚝 끊고 이성을 되찾자 그 점을 강조하며 양
산백에게 후일을 기약해 보였다. 그래서 화제를 다른 곳으로 돌
리려고 애를 쓰며 자기가 남장을 하게 된 이유를 설명하였다.
그리고 양산백의 예지(叡智)에 놀랐다고 깔깔대고 웃어 보이기
까지 하였다.

　추양대는 이제부터 집으로 돌아가면 남복(男服)은 결코 않으
리라고 웃으면서 말하였다. 이것을 기회로 양산백은 또 자신의
심각한 욕망에 돌아가 이제는 위협조로 그러면 지난번 의형제
를 맺은 평생의 의리를 배신할 작정이냐고 협박하고, 그렇게 되

면 자기는 죽음으로 그것에 항의해 보이겠노라고 말하였다. 그러자 추양대는 또다시 눈물을 뿌리며 애정과 효도의 어려운 철학을 강의하기 시작하였다.

"소저는 본디 무남독녀로 양위(兩位) 존당을 위로할 길 없는 고로 평생을 남자로 처세하여 부모 만년을 즐기고자 하였나니 어찌 다른 뜻이 있으리요. 그러나 마음인즉 언약을 저버리지 아니하리니 그대는 괘념하지 말고 편히 취침하소서."
하니 이 말에 정직한 양산백도 마음의 악마를 깨끗이 씻어 버렸다. 때가 올 때까지 다시는 서투른 욕심을 내지 않으리라고 마음속으로 다짐하였다.

그리고 다음날 늦게까지 곤하게 잠을 잤다. 해가 머리 위로 한 발이나 올라와서야 그는 눈을 떴으나 순간 그는 평생 잊을 수 없는 경악과 실망에 잠겼다.

그도 그럴 것이 지난밤까지 그의 옆에서 잠자리를 같이 하였던 추양대는 간 곳조차 없고, 그녀의 이불이나 행리(行李)도 깨끗이 없어져 버렸다. 그는 부리나케 일어나 동자를 불러 물어 보았으나 그의 대답은 간단하게, '공자께서 곤히 잠드셔서 못 뵙고 가니 이불과 행리를 두었던 자리나 나중에 잘 치워 달라. 그리고 주인을 잘 모셔라. 자세한 사연은 따로 편지를 써서 바람벽에 붙여 놓았으니 그렇게 아뢰어라'라는 말을 남겨 놓고 산을 내려갔다는 이야기였다.

"그럼 너는 언제 간 줄을 알리라. 그 점을 빨리 아뢰라."
"소인이 그 댁 동자와 밥을 짓고 있으려니 그 아름다운 공자가 동자를 불러내어 무엇인가 소곤소곤하옵더니 그 길로 그런 분부를 남겨 놓고 가셨나이다."

"그럼 너도 그 공자가 여자인 줄 알았더란 말이냐?"

"호오! 그럼 공자께옵서는 그 댁이 남자인 줄 알았다는 말씀이오니까?"

"건방지게 말 말고 내 물음에 대답이나 정확히 하여라."

"그야 누구 앞이라고 여부 있겠나이까. 지난밤 세수를 할 때 알았고 그 댁 동자놈이 빨래를 할 때 알았나이다. 공자께서는 벌써 알고 계셨느니라 내딴에는 짐작하였나이다."

동자는 추양대의 동자에게 술대접과 돈을 받았다는 이야기는 차마 하지 못하였다. 양산백은 낙심하여 돌아섰다. 아침밥을 지을 때라면 이제 쫓아 내려가도 무방한 일이다. 그는 방으로 돌아와 벽에 붙여 둔 추양대의 봉서(封書)를 떼어 뜯어 보았다.

'그대는 인연을 이루지 못할까 번뇌하지 마소서. 내 마음은 빙옥(氷玉)[1] 같으니, 천지는 변하나 내 마음은 고쳐지지 않으리니 공부를 성취하고 돌아가 양가 부모께 고하고 백년화락(百年和樂)을 하려니와 어이 사사로이 인연을 맺으리요. 그런고로 작별하지 못하고 가나니 그대는 나로 하여 심려하지 마소서."

양산백은 이러한 글을 읽고 푹 주저앉아 분한 마음에서 엉엉 어린아이같이 울었다. 간밤에 그냥 넘긴 것을 생각하니 그것이 너무나 통분한 것 같았다. 폭력이라도 써서 강제로 정복하였더라면 오히려 간단한 문제가 아니었을까 하고도 생각하였다.

그러기에 그는 이제야말로 그녀에 대한 자기의 애정의 깊이를 분명하게 깨달을 듯하였다. 추양대가 없는 한 그는 살 것 같지도 않았다. 그녀의 이불이라도 두고 갔더라면 그것을 안고서

---

1) 맑고 깨끗해서 아무 티가 없음을 가리키는 말.

라도 뒹굴 텐데 하고도 생각하였다. 그래서 미친 듯이 일어나 그녀의 이불이 깔려 있던 자리로 달려가서 아직도 그녀의 채취가 나는 듯한 그 자리에 쓰러져 버렸다. 그리고 발작적으로 그녀를 끌어안는 시늉을 해 보이며 엉엉 또다시 흐느껴 울기 시작하였다.

그는 방바닥에 떨어져 있는 그녀의 머리카락을 발견하고 온 세계를 발견하기라도 한 것처럼 기뻐하였다. 그것을 뺨에 대보고 입에도 넣어 보고 냄새를 맡기도 해 보았다. 그는 별안간 미친 사람이 되어 헛소리도 질러 보았다. 추양대가 이토록 고귀하게 느껴지던 때는 그 동안 한 번도 없었다. 아! 그는 이제야말로 자신의 불 같은 정열의 포로가 된 듯하였다. 그는 이 막중한 고통을 무엇으로 감당해야 좋을지 몰랐다.

양산백은 그녀의 머리털을 생명 이상으로 소중한 물건처럼 그녀의 편지와 함께 싸서 정중하게 품속에 간직하였다. 그리고 문득 자기의 손을 입에 갖다 대고, 깨물어 보고, 냄새를 맡아 보기도 하였다. 그 손은 추양대의 젖가슴 감촉이 아직도 생생하게 남아 있는 듯하였다.

그는 손바닥을 눈앞에 대고 한참동안 지켜보았다. 팽팽하게 부풀어오른 젖가슴을 펼쳐 아무런 수줍음도 없이 그의 품에 달려드는 추양대의 열화 같은 관능과 아름다운 얼굴이 그의 손바닥에 새겨져 있는 것 같았다. 두 눈에서는 눈물이 비 오듯 쏟아지며, 손바닥을 흠뻑 적셨다.

얼마 후 그는 방을 나와 법당 뒤의 늙은 소나무 밑을 지나서 산골짜기 쪽으로 걸어갔다. 그곳은 어제까지도 추양대와 함께 저녁을 먹은 뒤 거닐던 길이었다. 양산백은 그 길에서도 사랑스러운 추양대의 체취를 가슴 뿌듯이 느낄 수 있었다. 길바닥의 돌 하나 나무 하나 잎사귀 하나 꽃나무 하나 골짜기를 흐르던 물소리건 바위건 새소리건 하늘의 흰 구름이건 이제는 무엇 하나 그 여자를 빼놓고는 생각할 수 없는 물건들뿐이었다. 추양대의 체취가 거기에 배어서 그녀의 냄새가 오고, 촉감이 오고, 아름다운 얼굴이 거기에서 보이는 듯하였다. 그녀와 함께 노래를 부르고 시를 짓던 일들을 회상하며 다시 시를 읊어 보기도 하였다. 그러노라면 그 시에 서슴없이 대답해 보이는 추양대의 재치 있고도 맑은 음성이 바로 귓전에서 들려오는 것만 같았다.

그는 그 소리에 놀라 한동안 멍청하니 자신을 잃고 거기에 서 있기도 하였다. 그러다가 또 별안간 무서운 발작이 일어나 엉엉 울고, 그런 뒤 견디기 어려운 고독이 오면 미친 사람처럼 자기 방으로 달려가곤 하였다. 동자가 당황하여 안절부절못하지 못하였다.

동자가 몇 번인가 집으로 돌아가기를 권고하였으나 그는 들은 척도 않았다. 이러기를 거의 반 달이나 지났다. 이제는 좀 나아진 듯하였다. 책을 읽기도 하고 글을 짓기도 하였다. 그러나 번번이 그 책은 펼친 그대로 있었다. 붓을 들어 시를 짓는가 하면 몇 자 끼적거리다가 붓을 던지고는 긴 한숨을 짓곤 하였다.

한 달이 지나서 그는 이제는 짝을 잃은 외로움을 더 참을 수가 없었다. 몸은 지칠 대로 지치고 쇠약할 대로 쇠약하였다. 잠자리도 괴로웠고, 공부도 될 턱이 없었다. 글을 지어도 보낼 수가 없다.

거의 두 달이나 되어 양산백은 행리를 꾸려 동자에게 지우고,

만 3년 동안이나 허다한 추억과 아름다운 일화를 남겨 놓은 운향사를 하직하고 산을 내려갔다. 승려들은 멀리 산문 밖까지 배웅해 주었다.

양산백은 산을 더듬어 내려가면서 몇 번 걸음을 멈추어 뒤를 돌아보고, 은밀한 수림 속에 감춘 운향사와 그것을 둘러싼 자연을 서운한 마음으로 지켜보았다. 그것은 추양대를 거기서 또 보는 듯한 마음에서뿐이었다. 세 갈래의 길에 와서 3년 전 거기서 추양대를 처음으로 만났던 추억을 생각하고는, 그녀가 혹시 자기 집에서 기다리지나 않을까 하여 부리나케 뒤도 아니 보고 달려 내려갔다.

처음 가는 길이나 그에게는 두 번 가는 길인 것같이 길가의 모든 것이 반갑기만 하였다. 그녀의 성격이나 취미나 체취마저 깊이 알고 있는 그는 그녀도 보았고 주위를 끌었을 만한 경치도 죄다 일일이 기억하고 내려갔다. 추양대가 걸어가고 잠시 멈추어 서고 또 앉아서 쉬었던 자리도 알 만한 듯이 생각이 들었다. 그러기에 더구나 초행이라도 반갑고 소중하게 기억해 두고 싶은 길이었다.

평강의 추양대 집에 당도한 것은 그로부터 여러 날 만이었다. 그러나 그의 긴장은 조금도 풀려 있지 않았다. 그녀의 집이 가까워지면 가까워질수록 더 더욱 그녀가 보고 싶은 욕망은 간절해질 뿐이었다.

추상서의 집은 매우 크고 으리으리한 집이었다. 동네에서 큰 산을 뒤로 등지고 높직이 앉아 대소 제가를 내려다보고 있어서 이내 그 집이라는 것을 알 수가 있었다. 문전(門前)의 큰 마당에는 사람들이 우글거리고 노복(奴僕)들도 바쁜 듯이 쉴 새 없이 문을 드나들었다. 대개 이러한 명문거족의 집이란 큰 것뿐만 아니라 그 전체에 어딘가 특색이 있는 법이다. 양산백은 그것을 처음 보았을 때 이내 알 수가 있었다.

문전에 이르자 사람들이 그의 주위에 모여들어 이상한 경멸의 눈으로 보고 있었다. 산에서 내려오는 길이라 옷도 헙수룩하고 나이도 어린데다가 별로 이로운 인물이 아니라고 보았기 때문이리라. 그러나 나중에 안 일이지만 그보다 더욱 중대한 사실이 거기에 있었다.

추소저를 만나러 왔다고 하자 그들은 더욱 경멸의 미소마저 지으며 그냥 돌아가시라고 대답하였다. 문을 드나드는 노복들은 더구나 이 낯모르는 소년을 아예 거들떠볼 생각도 없는 듯하였다.

그래서 소년은 자기의 지체와 가문을 설명하고 추소저와는 운향사에서 같이 공부한 동학(同學)의 다정한 친구이니 잠깐만 만나 보게 해 달라고 사정을 하였다. 그러나 그들의 냉정한 태도는 여전하였다.

"비록 동학지의는 있으나 이제는 그때와 달라 당신을 보실 리 없으니 부질없이 묻지 말고 어서 돌아가소서."
하고 처음부터 대답하던 한 젊은 사람이 그렇게 말하고 돌아서 버렸다.

양산백은 어떻게 해야 좋을지 몰라 실망한 채 잠시 그 자리에 멍하게 서 있었다. 가슴속은 혼란해서 방망이질을 치는 것만 같았다.

아닌게아니라 추양대에게는 이날 그의 운명을 바꾸어 놓을 중대한 사건이 임박하고 있었다. 오늘이 바로 혼례를 치르기 며칠 전이었다. 그래서 그 중대한 행사를 위하여 바쁘게 돌아갔다. 벌써부터 경사스러운 준비를 하느라고 야단들이었다. 상대방 혼가(婚家)에서도 몇 사람인가 와 있는 듯하였다.

그러나 추양대 자신은 이러한 경사스러운 일에도 불구하고 그다지 기쁜 줄을 모르는 모양이었다. 기쁘기는커녕 절망하고, 절망이 넘쳐서 죽음을 각오하고까지 있었다. 추양대는 출가를 강요당하는 것이었다.

신랑은 성주 땅에 있는 심천이라고 이름난 재상의 외아들이었다. 아버지의 벼슬이 재상이고 보니 부귀영화가 온 집안에 가득 차 있었다. 그의 이름은 의랑이라고 하는데, 벌써부터 등과해서 그 이름이 조야(朝野)에 떨치고 있는 재주덩이였다. 그의 재주만 가지고도 십분 장래의 영화를 예측할 수 있었다.

그래서 자식의 백년 배필을 찾는 부모의 허영심은 클 대로 컸다. 웬만한 규수는 쳐다보지도 않고, 문벌과 재치와 교양과 미모와 재산에 있어서 최고가 아니면 아니 되고, 군자가 애써서 바라는 요조숙녀가 아니면 아니 되었다.

이러한 고상한 취미와 까다로운 조건을 내걸고 심 재상이 힘써서 간택한 결과 평강 땅에 있는 추 상서의 무남독녀 추양대가 제일 적격이라는 결론을 내렸다. 추 상서로 보더라도 명예가 아닐 수 없었다.

이렇게 해서 매파가 오고가고, 양가의 통혼은 서로의 기쁨 속에 완전히 성공하였다. 그것은 매우 급속히 이루어졌다. 딸이 심 재상의 자제와 혼사를 반대하자 추상서는 화를 내며 강제하였다.

"네 3년을 집을 떠나 공부는 유명유실하고 너 같은 불효녀는

두어 문호를 더럽힐 줄 어찌 알았으리요. 다시는 그런 욕된 말
을 내지 말라."

하고 딸이 양산백의 이야기를 하자 분격한 그는 언성을 높이며
호령하였다.

"규수의 몸으로 학업을 위하여 산간에 들어가옴이 그 죄 크
오나, 이제 소녀가 고한 말씀은 예절에 마땅하온 바이거늘 어찌
문호에 욕된다 하시나이까. 비록 납폐지례(納幣之禮)[1]는 없사오
나 맹약이 있사오니 중도에 배반하오면 이 또한 실절(失節)[2]이
오니 바라건대 아버님께옵서는 이것을 숙찰(熟察)하소서."

추양대는 최후로 아버지에게 그렇게 선언하고 자기 방으로
돌아갔다.

그러나 추 상서의 결심은 대단하여 딸의 반대를 무시하고 혼
사를 정해 버렸다. 아버지의 권위로 딸을 처리하자는 결심이었
다. 그것은 아버지의 당연한 권리라고 그는 생각하였다.

혼사는 결정되어 납폐를 행하고, 이제는 길일(吉日)을 기다리
는 것뿐이다. 혼사 준비를 위하여 양가는 서로가 바쁘게 돌아갔
다. 추양대는 그것을 지켜보며, 그때가 오면 죽으리라 결심하였
다. 부모의 뜻을 어기면 불효가 되고, 그 뜻을 받들면 자신의
가치는 없어져 실절한 누명을 만대에 남긴다고, 순결한 그녀의
마음은 이 두 가지의 어려운 문제를 놓고 밤낮으로 근심에 싸여
있었다.

어느덧 혼례 일이 얼마 남지 않은 어느 날 문득 그녀에게 시
비의 급한 전갈이 왔다. '남양 땅에 사는 양산백이라는 사람이

---

1) 혼례 때 신랑집에서 신부집에 푸른 비단과 붉은 비단을 보내는 일.
2) 절개를 지키지 않음.

소저를 찾아왔노라' 라는 이야기였다. 추양대는 깜짝 놀라 누워 있던 자리에서 소스라쳐 일어나 앉았다.

운향사에서의 온갖 추억이 일시에 그녀의 기억 속에서 살아 올랐다.

그날 밤의 그 잊을 수 없던 일이며, 공부하던 일이며, 의형제를 맺던 일이며, 편지를 써 두고 도망해 오던 일들이 주마등(走馬燈)처럼 머릿속을 스쳐갔다.

잠시 후 정신을 차려 아버지에게로 달려가서 양산백이 집 앞에 와 있음을 알렸다. 그러자 아버지는 크게 화를 내어 하인을 불러 그 남양 땅에서 왔다는 소년놈을 당장 내쫓으라고 호령하였다. 주양대는 울면서 아버지에게 애원하기를,

"아버님, 무슨 일이든 아버님의 분부대로 따르겠사오니 불원천리를 찾아온 그 소년을 한 번만이라도 만나 보게만 해주십시오."

그러나 마지막 딸의 애원이 너무나 간절해서 마지못하여 허락을 내렸다.

"사정이 그렇다니 그러면 잠시 만나 보고 이내 쫓아 버려라."

추양대는 자기 방으로 달려가 운향사에서 남복을 하고 양산백에게 들켜 도망을 온 일을 생각하며 급히 몸을 단장하였다. 그날 밤 자기의 젖가슴을 풀어 제치는 그의 손을 느끼면서도 잠을 자는 척한 자기는 무엇 때문이었을까 하는 생각도 하였다.

추양대는 몸치장을 단장하고 후당(後堂)으로 나아가 양산백을 모셔 오게 하였다. 시비를 매수해서 소저에게 들여보내 놓고 바깥마당에 자기를 경멸과 비난의 눈으로 지켜보는 여러 시선들을 피해 가며 왔다갔다하고 있는 양산백은 시비가 나와 인도

하자 정말 죽도록 기뻐서 그 시비의 뒤를 따랐다. 좁은 문을 들어가 아무도 보는 사람이 없을 때 시비에게 또 몇 푼의 은전을 집어 주었다.

시비는 거뜬히 양산백을 후당으로 소저에게 인도하고는 싱긋 웃으면서 뒷문을 빠져나갔다.

사랑하는 두 남녀는 잠시 동안 그대로 서 있었다. 추양대가 그의 품으로 달려들었다. 그리고 전신을 무섭게 경련시키며 흐느껴 울기 시작하였다. 양산백도 그녀의 등을 쓸고, 머리를 어루만지며 눈물을 쏟았다. 그녀의 고운 옷이 눈물로 흠뻑 젖을 정도였다.

얼마 동안 이와 같이 부둥켜안고 울면서 두 남녀는 떨어질 줄 몰랐다. 지금까지 쌓여 온 두 사람의 감정이 해소되어 평온을 찾으려면 아직도 기다려야만 할 것 같았다. 서로는 육감적인 너무나 격렬한 감정에 취해 버린 것이다. 그것은 정신 이상의 무엇인가 본질적인 것, 생명적인 것이 떨리고 있는 것만 같았다.

양산백은 이제는, 여자답게 땋아 내린 추양대의 고운 머리에 입을 맞추고, 그 머리를 들어 이마에다 뺨에다 목에 그리고 그녀의 뜨거운 입술에도 자기의 입술을 한없이 열렬하게 추어 보았다. 그는 맹렬한 열의로 그녀의 생명을, 모든 존재를 그 입술을 통하여 자기에게 빨아들이려는 것만 같았다. 그의 한없이 말라 버린 생명의 갈증은 그녀의 그것이 아니고는 도저히 조금도 만족되지 않을 것만 같았다.

추양대의 욕망도 그의 그것에 비해 조금도 떨어지지 않았다. 이윽고 얼굴을 들어 그를 보는 그녀의 감정에 빨갛게 충혈된 두 눈이 그것을 명백하게 증명해 주었다.

　양산백은 그녀의 눈에 자기 눈이 부딪치자 또 저항하기 어려운 갈망에 끌려, 그녀를 꽉 으스러지게 안아 주었다.

　아! 서로는 너무나 사랑하고 있었다. 애정의 깊이를 서로는 여기서 비로소 깨달은 듯하였다. 서로는 피차 떨어져서는 살 수 없다는 것을 이러한 온갖 애욕의 표정으로 실증해 주었다. 아직도 말을 하지 않았지만, 서로의 행복을 영원히 파괴해 버릴 무서운 방해를 똑같이 알고 있었기 때문에 더구나 그들의 애정의 농도는 광열에 가까울 정도였다. 아! 우리의 이 행복을 누가 파괴하려고 하는가. 이 저항을 그들은 똑같이 쉴새없이 느꼈다.

　따라서 이들 두 사랑하는 남녀가 포옹이라는 애정의 첫 번째 표시를 끝내고 자리에 앉았을 때에는 할 말은 아무것도 없는 듯하였다. 그들은 지금까지의 열렬한 포옹과 눈물로써 할 말을 죄다 해 버린 것만 같았다. 울적한 감정을 깨끗이 표백하고 생명을 잃어버린 가을의 나뭇잎처럼 카랑카랑 말라서 허전하니 약간의 바람기에도 날아 버릴 것만 같을 뿐이었다. 풀기가 빠진 풀주머니처럼 그들은 맥이 없고, 온갖 정열의 소모에 자신도 모르게 놀라는 듯하였다.

　"첩이 불민(不敏)하와 어찌 배약(背約)하리요마는."

하고 양산백이 겨우 입을 떼려고 하였을 때, 추양대는 그 말을 막으며 재빨리 말을 계속하였다.

　"첩이 운향사에 있을 때 부친이 이미 심 상서의 집과 정혼하였는지라, 일이 이렇게 되어 진퇴양난이나 스스로 몸을 버릴지라도 구약(舊約)을 지키고자 하니, 낭군은 나 같은 인생을 생각하지 말고 타문(他門)에서 어진 숙녀를 취하여 백년을 동락하소서."

　그녀의 눈에서는 커다란 눈물방울이 마치 안개 깊은 아침의

176

풀잎처럼 주르륵 주르륵 소리가 날 만큼 흘러내렸다.

양산백은 얼굴을 번쩍 쳐들어 말을 하려 하였으나, 그녀는 또 막으며 계속해서 말하였다.

"첩은 타일에 지하에 가서 낭군과 상봉을 비나이다."

양산백은 그녀의 손목을 덥석 잡았다. 말이 목구멍에서 막혀 좀처럼 나오지 않았다.

"그대는 고문대가(高門大家)[1]의 군자를 맞이하여 백년동락하려니와 박명한 이 양생은 그대로 하여 황천(黃天)의 원객(怨客)을 면하지 못하리니 어찌 가련하지 아니하리요."

"내 어찌 구약을 무신무의(無信無義)하리요마는 창천이 우리를 업신여기사 차생의 연분을 허락하지 아니하시니 누구를 한하리요. 첩은 가히 구약을 지키려니와 군자는 일개 여자를 위하여 귀체를 버린다는 것은 만만 불가하니 바라건대 낭군은 천금중신을 보중하사 불효를 깨치지 마소서."

양산백의 눈에서는 마침내 눈물이 흘러 내렸다. 이루지 못하는 이 행복 때문에 결국은 죽을 수밖에 없는가 생각하니 더구나 미친 듯이 슬퍼졌다.

양산백은 손을 잡은 채 그녀의 무릎에 머리를 파묻어 어린아이처럼 흐느껴 울었다. 추양대도 그의 등에 얼굴을 대고 울기 시작하였다. 불행한 연인들의 이 광경은 누가 옆에서 본다면 처량해 견딜 수 없을 정도였다.

효도가 무엇이기에 이토록 젊은 사랑하는 이 한 쌍에게 눈물과 비애에 잠겨 놓은 것일까? 그들은 자기들의 행복을 거부하

---

1) 부귀하고 세력이 있는 집안. 가문과 지체가 높은 집안.

는 도덕에 용감히 싸우고 나설 용기가 없었다. 인간을 통제하는 국가를 반대하고 전제 군주를 항거하여 싸울 수 있는 용기와 담력이 없는 것처럼, 그들은 사랑을 구속하고 결백을 억제하는 효도라는 괴물과 대담하게 맞서 나갈 기력이 없을 뿐 아니라, 그러한 마음조차 먹을 수가 없었다. 충신을 배척하고 역적이 될 그러한 대담한 정신이 그들에게 있을 수 있을 것인가. 정직한 그들로서는 도저히 이러한 생각조차 할 수가 없었다.

그러기에 그들의 비애는 더욱 컸다. 죽음을 각오하는 결심도, 눈물을 비 오듯 하는 이유도 바로 거기에 있었다. 아! 이 눈물이여, 그것은 약자(弱者)의 이름이 아닐 것인가. 용감한 자에게는 눈물이 있을 수 없다. 그들은 방해를 넘어서서 용감하게 나아가지를 못하고 굴러오는 바위에 깔려서 죽으려고 한다. 그런 자에게 눈물만이 위로이다. 도덕의 폭군 앞에 그들은 완전히 압도되어 깔려 잔인하게 죽어 가려고 결심하는 것뿐이었다. 충신이 사약을 받아 마시는 비장한 결의를 가지고, 어떻게 보면 바보라고 할 정도로 그들은 희생의 길을 택하였다.

아까 양산백을 인도해 온 예의 사랑스러운 시비가 이 때 문을 열고 주과(酒果)를 가지고 들어오려다가 깜짝 놀라 문을 닫아 버렸다. 추양대는 얼굴을 들어 사랑하는 양산백을 위로하였다. 손으로 잔등과 머리를 쓰다듬으며 그만 진정하라고 하였다.

무안을 당한 시비가 잠시 후 다시 문을 열고 주과를 들여왔다. 그러나 추양대도 양산백도 그것에 손을 대지 않았다. 시비는 주인의 귀에 대고 무어라고 속삭이고 나가 버렸다. 아버지가 그만 손님을 보내라고 분부한 것같이 양산백에게 해석되었다.

"낭군은 첩을 다시 생각하지 마시고 만수무강하소서."

하며 추양대는 겨우 정신을 차려 입을 뗐다.

"날이 이미 저물었사오니 빨리 돌아가소서. 만일 더딘즉 부모 책망하실지라 첩은 돌아가오니 타일 황천에 가서 만나기를 기약하나이다."

하고 그녀는 일어서서 나가려고 하다가 또 한 번 꼭 안아 달라고 그에게 애원하였다. 양산백은 그녀의 말이 떨어지기도 전에 그녀를 온몸이 으스러지도록 힘껏 껴안고 눈물을 흘렸다. 이것이 인생에서의 최후라고 생각하면 그의 가슴은 별안간 천길의 낭떠러지로 굴러 떨어지며 두 눈이 아득하게 캄캄해지는 것만 같았다.

추양대는 놓지 않으려는 양산백의 손을 밀어 떼어 놓고 나가 버렸다. 예의 시비가 들어와 그를 인도하였다. 양산백은 또 은전을 듬뿍 쥐어 주고 그 집을 나와 밖에서 기다리는 동자와 함께 길을 재촉하였다.

자기 집으로 돌아오자 자식을 맞이하는 부모의 기쁨은 측량할 수 없었다. 어머니는 아들을 얼싸안고, 기쁜 눈물을 흘리며 마치 젖먹이 아이같이 어루만져 주었다. 아버지는 절에서의 생활을 묻고 학업의 성공 여부를 물으며, 간단한 글제를 내어 시험해 보기도 하였다. 어머니는 그런 것에는 관계하지 않고 아들의 핼쑥해진 얼굴과 손목을 보고 놀라면서 가슴 아파하였다.

이 때문에 양산백을 따라갔던 동자가 불려와 왕씨로부터 단단히 꾸지람을 받았다. 비복들에게 냉큼 화를 내지 않는 왕씨이기에 그것은 특별한 문책인 것 같았다. 양현도 이에 대하여 관심을 두고 아들에게 생활의 이모저모를 다시 자세히 물었다.

양산백은 공부를 한 때문이라고만 말할 뿐 추양대와의 관계를 전혀 입 밖에도 내지 않았다. 이렇게 해서 그의 쇠약의 원인을 양현 내외는 완전히 모르고 있었으나, 이 심상치 않은 건강 문제는 그것만으로 끝나지 않았다. 하루하루 그의 건강은 악화되어 드디어 병상에 눕기까지 되었기 때문이다.

양현 내외의 경악과 비애는 형용할 수가 없었다. 하늘과 부처님에게 정성을 들여 얻은 아들을 죽인다면 그들은 멸망이나 다름이 없었다. 사방으로 명의를 찾고 선약(仙藥)을 구해 병들은 아들에게 먹였으나 그야말로 백약이 무효였다. 점점 악화될 뿐이었다.

양현은 의원의 말을 들어, 어떤 유명한 의원 하나가 이런 병은 약으로 고칠 수 없다라고 하였기 때문이다. 드디어 그의 말대로 아들의 비밀을 캐묻기 시작하였다.

아버지의 물음이 너무나 엄하고 교묘하였기 때문에 양산백도 자기의 마음에 깊이 간직해 둔 비밀을 고백하지 않을 수 없었다.

양현과 왕씨는 아들의 고백을 듣고 길게 한숨을 내쉬었다. 그들의 표정은 고백을 듣는 동안 몇 번이고 변하였다. 그것은 그들의 내심의 격동을 잘 실증해 주는 듯하였다. 어머니는 아들의 손을 잡고 그 아들의 숨소리가 거칠어지면 좀 쉬었다가 말하라고 때때로 위로해 주기도 하였다. 어머니의 마음은 아들의 감정이 경험하고 있는 것과 같이 경험하는 듯하였다. 아들이 탄식하면 어머니도 탄식하였다. 아들의 눈에 눈물방울이 솟으면 어머니는 몇 갑절로 흘렸다.

"네가 3년을 떠나 공부는 유명무실하고, 괴이한 여자를 결연하여 사생을 돌아보지 아니하고 이와 같이 부모에게 불효를 끼치니 불가 사문어타인이라."

하고는 양현이 약간 노기마저 띠며 결론을 내렸다. 왕씨는 남편
을 지켜보며 탄원하듯 하는 표정을 지었다.

"그러나 대장부 되어 조그마한 아녀자를 잊지 못하여 죽기
에 이른다면 어찌 슬프다 아니하리요. 너는 모름지기 안심하라.
내 마땅히 추 상서 댁에 찾아가서 의혼(議婚)하여 네 백년 배필
을 삼아 평생을 즐기게 하리라."

인자한 아버지는 이렇게 선언하고 일어섰으나, 병석에 누워
있는 양산백은 더욱 펑펑 눈물을 쏟았다. 아버지의 친절에 감복
해서 그런지 자기 자신의 비분에 연민의 정이 솟아서 그런지 그
것은 알 수가 없었다.

아마도 병자 자신도 이 점은 분명하게 알지 못하고 있는 것
이리라. 왕씨는 아들의 눈물을 닦아 주며 같이 울상이 되어 위
로하기를 마지않았다. 그러나 아들의 눈물은 여전히 멈추지 않
았다.

양현은 즉시 날랜 준마에 앉아 옛날 벼슬 시대의 위엄을 자랑
하면서 몇몇 창두를 데리고 곧장 평강으로 달려갔다. 추 상서의
집은 양산백에게도 그랬듯이 찾기가 쉬웠다. 추 상서 하면 평강
땅에서 모르는 사람이 없었고, 더구나 이날은 가던 날이 장날이
라는 식으로 특별한 날이어서, 그 거대한 저택의 안팎으로 운집
한 사람만으로도 능히 그 집이라고 알아볼 수가 있었다.

양현은 의문이 나서 그 집까지 가지 않고, 옆을 지나가는 아
마도 그 집의 손(客)이 되어 가는 듯한 사람을 붙들고 추 상서
댁에 웬 사람이 저렇게 모였느냐고 물어 보았다.

"우리 상공께서……."

하고, 예의 남자는 점잖게 입을 뗐다. 그 시작하는 어투로 보아서 추 상서의 권세가 웬만하지 않다는 것을 알 수 있었다. 그는 분명 추 상서의 날개 밑에 들어 있는 사람 같았다.

"우리 상공께서 1녀를 두사, 오늘 혼례를 지내시고 이제부터 삼일 잔치를 하게 되어 그 때문에 저렇듯 분요(紛擾)하나이다."

양현은 더 묻지 않고 슬며시 말을 돌려 세웠다. 병들어 죽어 가는 아들이 머리에 떠올라 별안간 눈앞이 캄캄해지는 것만 같았다.

양현은 어떻게 집으로 돌아왔는지 그것조차 알 수가 없었다. 자기 집 문을 밟아 서자 그는 이 때까지의 상념과 결심을 총결산해서 짤막하게 결심하였다. 주인이라는 의식이 그에게 용기를 주었다. 그는 어찌 되었든 아들을 안심시키고 살려야 한다고 생각하였다.

왕씨는 여전히 아들의 옆에 앉아 인자한 어머니로서 병자를 간호하고 위로해 주고 있었다. 그 여자는 벌써 며칠 동안 아들을 위해서 한 잠도 이루지 못하였기 때문에 피로가 말이 아니었다. 건강은 상해서 옆에서 보기에도 가엾도록 쇠약해 있었다. 그러나 왕씨는 이 금덩이 같은 아들의 회복을 위해서는 자신의 건강 같은 것은 조금도 생각하지 않았다.

남편이 들어오자 왕씨는 그의 눈을 거기에서 무엇이라도 찾으려는 듯이 빤히 지켜보았다. 그리고 그 눈을 다시 불행한 아들에게로 돌리며 아무 말도 없었다. 그것으로 충분한 듯하였다. 남편은 성공하지 못한 것이다.

아들은 이 때 눈을 감고 잠깐 잠들은 듯하였다. 이러한 혼수 상태가 어제오늘로 부쩍 심하였다. 잠을 자는가 생각하면 별안간 소스라쳐 깨어나 헛소리를 지르기도 한다. 이유 없이 눈물을 쏟는 수도 있었다. 그래서 더구나 부인은 아들의 옆을 떠날 수가 없었다. 양현은 아내의 옆으로 걸어가 앉으면서 작은 목소리로 아들의 병세가 어떠냐고 물었다.

왕씨는 머리를 좌우로 흔들어 보일 뿐이었다. 그 이상 묻지도 않고 대답도 하지 않았다. 양현도 아무 말하지 않았다. 그러자 조용히 눈을 뜬 아들이 힘없는 눈빛으로 아버지를 지켜보며,

"이번 행로에 회보나 있삽나이까?"

하고 역시 힘없는 음성으로 말하였다. 양현은 거짓말을 해서 아들을 달래 보려고 하였으나 그 가엾은 눈에 부딪치자 솔직하게 이렇게 말하였다.

"너는 내 말을 단단히 들어라. 사람은 모름지기 결심 여하에 달려 있는 법이로다. 네가 결심하면 너를 구할 것이로되, 그렇지 못하면 어찌 부모의 마음이 슬프지 아니하리요. 그 낭자는 이미 혼사를 타처에 행례(行禮)하였은즉 무가내하라. 부질없이 생각하지 말고 다른 곳에 통혼함이 무방하니 매파를 놓아 숙녀를 구하면 어디 간들 추 낭자만한 배필이 없으리요. 너는 부모의 간장을 이 이상 태우지 말고 병세를 관억(寬抑)하여 수이 회복하면 문호를 위하여 만분 다행이니 너는 깊이 생각하라."

"추씨 아니오면 월궁(月宮) 항아[1]라도 불관이옵나니, 아버님은 다시 혼인지사를 의논하지 마소서."

하고 양산백은 다시 눈을 감으며 얼굴을 저쪽으로 돌려 버렸다.

왕씨는 말없이 눈물을 흘리고만 있었다. 양현은 더 달래며 결

---

1) 항아는 달 속의 궁전에서 살고 있다는 선녀의 이름.

심을 시켜 보았으나 아무 소용이 없었다. 아들은 그 이상 죽은 듯이 말이 없었다.

　이날 밤 양산백은 몇 번이나 혼수상태에 빠져 의식을 잃곤 하였다. 그것은 매우 위험한 상태였다. 그럴 때마다 번번이 헛소리를 지르며 추양대를 찾고, 추양대가 거기에 와 있다고 손을 들어 까불고, 두 눈을 무섭도록 하얗게 까뭉개곤 하였다. 이 때문에 양현 내외는 거의 절망할 지경이었다.

　이튿날도 이러한 상태는 계속되었으나 오후가 되어 약간 조용해진 듯하였다. 그러나 이것은 좋아진 것이 아니라 악화되고 최후를 예고하는 저 폭풍 전야와도 같은 극히 위험한 순간이었다. 아니나 다르랴, 그는 지극히 냉정해져서 거의 정상적인 인간처럼 말하였다.

　"3년을 이슥토록 공부하옵기는 입신양명하와 이현과모하고 문호를 빛내고자 하였더니 괴이한 병을 얻어 집에 돌아와 부모께 불효를 끼치오매 이제 구천지하(九泉地下)[2]에 죄인이 되올지와 인력으로 하올 바 아니오니, 다만 엎디어 바라건대 양친은 소자를 생각하지 마시고 만수무강하옵소서. 추 낭자를 다시 보지 못하고 죽기를 당하오니 진실로 눈을 감지 못할지라. 봉서 하나를 닦아 두옵나니 소자 죽거든 서간을 갔다가 추 낭자에게 전하여 함원치사(含怨致死)[3]함을 알게 하시고, 소자의 시신을 추낭자 왕래하는 길가에 묻어 주사 죽은 혼백이라도 낭자 얼굴을 다시 보게 하소서."

　이것이 그의 부모에게 하직하는 마지막의 말이었다.

---

2) 구중(九重)의 땅 밑이라는 뜻으로, 죽은 뒤에 넋이 돌아간다는 곳.
3) 원한을 품고 죽음.

아! 얼마나 불행한 양산백이었던가. 그는 그렇게도 사랑하는 사람을 더 만나지 못하고 감기지 않는 눈을 억지로 감아 버렸다. 왕씨와 양현이 손을 잡고 늘어지며 천지가 진동하도록 울어 댔으나 이 엄연한 현실에는 아무 소용도 없었다. 그는 다시 눈을 뜨지 않았다.

양현과 왕씨의 비애는 말이 아니었다. 그들은 아들을 따라 죽겠다고 몸부림을 치며 몇 번인가 실신 졸도하였다. 그래서 더구나 이 양 상서의 집은 슬픔이 몇 배로 늘어났다. 충실한 비복들의 헌신적인 노력으로 겨우 수습은 되었으나 이 다시없는 불행을 씻을 길은 없었다.

양현은 아들의 소원대로 추양대가 신부 되어 머지 않아 신행(新行)¹⁾할 길가에 묻어 주기로 하였다. 그것만이 그의 아들에 대한 최후 최대의 봉사인 듯하였다. 그리고 이와 함께 아들이 남겨 놓고 간 봉서를 추씨 댁 따님에게 전할 기회를 기다리기로 하였다.

한편 추양대는 어떻게 되었는가. 그녀는 이미 죽음을 각오하고 그 기회를 기다리고 있었다. 기회라는 것은 효도와 사랑의 양 갈래 길에 끼어서 고통하고 있는 이러한 단순한 여자에게는 흔히 있을 수 있는 최후의 순간을 말하였다. 효도를 완성하고 사랑을 완성하려는 두 가지 욕심에 불과한 것이다. 그때를 찾아 죽으려고 그녀는 굳게 각오하고 있었다. 어떻게 생각하면 매우 어리석은 소녀의 단순한 꿈 같기도 하나 추양대 같은 순진한 마음에는 그럴 수밖에 없는 것이었다.

---

1) 혼인 때 신랑이 신부집에 가거나, 신부가 신랑집으로 가는 일.

따라서 부명(父命)을 존중하고 혼례를 올리는 데 서슴없이 응하였다. 신랑이 그 여자를 비로소 보고 그 아름다움에 황홀하여 어찌할 줄 모르게 될 만큼 이날의 단장을 멋있게 꾸미기로 하였다. 추상서와 그의 아내가 보고 딸의 변심에 놀라 무한히 기뻐하였을 정도였다.

첫날밤의 어려운 곤란도 추양대는 재치 있게 넘겨 버렸다. 열다섯 살의 나이 어린 신랑을 적당히 금을 그어 놓는 것쯤은 그녀의 슬기로서는 문제가 아니었다. 추양대는 양산백을 남편으로 알고 그를 위하여 절개를 지키겠다는 굳은 결의가 있었다. 그래서 신랑이 접근해 오는 순간에도 그녀의 마음과 눈앞에는 언제나 양산백의 환영이 아른거리며, 그녀의 마음과 몸을 지켜 주었다. 다행히 그녀는 이러한 과정을 아무런 부끄럼 없이 보낼 수 있었다. 이 명예를 그녀는 양산백에게 돌려주었다. 그가 이미 죽은 것을 모르고 있는 추양대는 지금이라도 사랑하는 남자를 찾아가서 자기의 명예로 정조를 바치고 싶을 정도였다.

삼일 잔치가 지나고 신행하게 되었을 때에도 추양대는 자기가 먼저 자진해서 어머니에게 재촉하였을 정도였다. 이 때 그녀는 어머니와 아버지에게 다시는 만나 뵙지 못할 것이라고 이상한 말을 남겨 놓았으나 추 상서 내외는 그것을 다만 딸의 하직하는 인사라고 간단하게 받아들였을 뿐이었다. 그러나 그 여자에게 있어서는 그 말은 최대의 의미와 결의를 두고 있었다.

그것이 사실로 증명되었다. 추양대가 신랑의 후행(後行)[2]을 받으며 구가(舊家)로 행하는 신행의 행렬은 매우 화려하였다.

---

2) 혼인 때에 가족들 중에서 신랑이나 신부를 데리고 가는 사람.

양가의 부귀와 영화가 이 행렬에 과시되어 누가 보아도 신랑 신
부를 부러워할 정도였다.

추양대는 신부의 예복을 화려하게 차려입고 칠보금덩에 높직
이 앉아 시녀들이 앞뒤를 옹위하며 갔다. 이들 시녀들은 저마다
녹의홍상에 아름답게 단장하고 쌍쌍으로 벌려 서서 앞을 인도
하고 뒤에는 금안백마(錦鞍白馬)에 높직이 앉은 신랑이 자기의
행운을 과시하면서 서서히 따르고 있었다.

운남산 황령이라는 고개에 올라섰을 때 그곳에서 아까부터
기다리고 앉아 있던 한 젊은 남자가 이 화려한 신행의 행렬에
접근해 왔다. 그는 행렬의 선두에 선 하인들의 제지를 받고 실
랑이를 벌였다. 그러나 그에게 악의가 없는 것을 그의 언동을
보면 이내 알 수 있는 일이었다.

"나는 남양 땅 양 상서 댁 노복이러니 우리 댁 부인께서 분부
하시되, 이 서간을 추소저께 드리면 자연 아실 일이 있다 하시
기로 바치려 하나이다."

이런 말에 놀란 것은 다름아닌 신부 추양대였다. 그 여자는
칠보금덩 안에서 졸음이 와 눈을 감을 듯 말 듯하다가 남양 땅
양상서라는 말에 벌떡 놀라 눈을 뜨고 밖을 내다본 것이었다.

신부는 이내 그 젊은이의 목적을 묻고 가지고 온 봉서를 바치
라고 하인들에게 분부하였다. 봉서를 받아본 추양대는 또 한 번
깜짝 놀랐다. 그것은 그렇게 그리고 사랑하던 양산백의 필적이
아닌가. 필적만 보고도 양산백을 알아보며 반가운 눈물이 솟아
오를 정도였다.

추양대는 아이들처럼 기뻐하고 가슴이 두근두근하면서 그것
을 뜯어 펼쳐 들었다. 처음 순간에는 앞이 캄캄하여 보이지 않

기도 하였다. 이윽고 그녀는 읽기 시작하였다.

'박명 죄생 양산백은 삼가 글월을 추 소저 좌하(座下)[1]에 부치나니, 우리 양인이 인연이 지중하기로 3년을 동거처하여 피차에 심중 맹약을 가져 불전에 도축(禱祝)하니 천지로 증참(證參)이 되온고로 백년을 잊지 말자 하올 때에는 피차에 남자로되 맹약함이 금석 같거늘 하물며 여화위남(女化爲男)을 안 연후에 다시 범연하리요. 생이 내심에 숙녀를 만나 평생을 쾌락하리라 하고 창천께 예하였더니 조물이 시기하여 소저가 본댁으로 가온 후 주야로 생각이 간절하기로 낭자를 찾아 꿈같이 만나 기쁜 말을 듣지 못하고 놀라운 말씀이 청천백일에 벽력이 일신을 분쇄하매 어이 살기를 바라리요. 죽기는 슬프지 아니하되 학발쌍친을 사절하니 불효막심이라. 구천 타일에 무슨 면목으로 조상을 뵈오며, 후세의 꾸지람을 어찌 면하며, 낭자를 차생(次生) 전에 다시 만나 뵙지 못하고 황천으로 돌아가니 이 유한을 죽어도 눈을 감지 못하리요. 죽기를 임하여 두어 자로 생의 뜻을 고하며, 생이 부모께 고하여 낭자의 신행길에 묻어 주시면 낭자 왕래지시(往來之時)에 성음(聲音)이나 들어 원혼이라도 위로하여 주시기를 바라오니 원컨대 낭자는 왕래지시에 한 잔 술로 무주고혼(無主孤魂)[2]을 위하여 주시면 사무여한(死無餘恨)[3]입니다. 죽기를 임함에 정신이 혼미하여 대강 기록합니다.'

추양대의 눈에서는 벌써부터 눈물이 주룩주룩 쏟아져 편지의 검은 먹 글씨를 번져 놓았다. 그러나 그녀는 잠시 동안 그것을

---

1) 평교(平交)하는 사이에서 편지를 받아 보는 사람의 이름 아래에 공대하여 쓰는 말.
2) 제사를 지내거나 하여 위로해 줄 자손이 없는 의로운 혼령.
3) 죽어도 한이 됨이 없음.

치울 생각도 하지 않고 그대로 무릎 위에 놓은 채 울고만 있었다.

그 편지는 죽기 전 임박하여 쓴 것이 분명하였다. 그러나 또 어떻게 되어 이런 곳에서 이 편지를 받게 되었을까? 얼른 편지의 마지막 글귀를 생각하고 편지를 가져온 창두를 불러 양산백의 무덤을 물어보았다.

창두는 바로 그 옆길 위로 산언덕에 있는 이제 며칠도 안 된 듯싶은 새 무덤을 가리켰다. 추양대는 금덩에서 내려 신부의 예의도 잊은 채 그 무덤에게 달려갔고, 그리고 무덤 앞에 쓰러져서 목놓아 울기 시작하였다.

아까부터 백마를 세우고 그대로 마상에 앉은 채 이 전후 광경을 십분 적의를 가지고 지켜보고 있던 젊은 신랑은, 이 때 더 이상 견딜 수 없는지 말에서 내려 통곡하고 있는 신부에게로 걸어갔다. 그리고 아내의 팔을 잡아 힘주어 앞세웠다.

여기서 신랑·신부 사이에 잠시의 실랑이가 벌어졌다. 그러나 제아무리 소년등과한 명문대가의 천재라 하더라도 추양대의 굳은 의지와 재치 있는 설교에는 어찌할 수가 없었다. 소년 신랑은 이러한 아내를 원망하며 이 신행에 참가하고도 잠자코 구경만 하고 있는 신부집 남녀 노복들을 비난과 적의의 시선으로 훑어보면서 길로 나와 지키고 있었다. 전부가 한통속이 된 것 같아 분하고 미워서 그는 견디지 못하는 것만 같았다.

이것을 기회로 추양대는 이제는 식을 갖추어 본격적인 제사를 지내기 시작하였다. 이 때문에 노복들이 사방으로 달음질을 치지 않으면 안 되었다. 칠보금덩을 옹위하며 따르던 시녀들은 집사(執事)[1]가 되어 상주를 도왔다.

즉석에서 꾸민 감동에 찬 축문을 읽고 났을 때 실로 기묘한 현상이 일어났다. 이 세상의 일이라고는 도저히 생각할 수도 없는 황당하기 짝이 없는 현상이었다.

이 공전 절후의 기적으로 해서 질겁하고 이른바 혼비백산한 시녀라든가 노복이라든가 하인 등속의 양산백의 무덤 앞에 모여 서 있던 하례배들은 죄다 엎어지고 자빠지고 하면서 정신없이 도망쳐 달아났으나, 그중 맨 나중까지 대담하게 지켜보고 있던 양 상서 집 창두의 보고에 의한다면 그것은 이러하였다.

불행한 신부가 눈물을 뿌리며 축문을 읽고 났을 때 그때 거기에 모여 있던 모든 남녀는 예의 분개한 신랑만은 제외하고 죄다 감동해서 역시 눈물을 뿌리고 있었다. 그러자 난데없는 오색구름이 무덤에서 뭉게뭉게 돌기 시작하였다. 창두는 웬 구름인가 하고 놀라서 눈을 비비며 그것을 똑바로 지켜보았노라고 다짐하기까지 하였다.

그러자 다음 순간 봉분(封墳)[2]의 꼭대기에서 한 가닥 찬란한 무지개가 비쳐 올랐다. 그런가 해서 놀라서 보고 있을 때, 별안간 쾅하고 천지가 뒤흔들리며 그 무덤이 쫙 갈라졌다. 이 무서운 벽력 같은 소리에 모여 서 있던 남녀들은 죄다 뿔뿔이 도망쳐 버렸다. 창두도 겁에 질려 땅에 엎드리고 기어서 겨우 늙은 소나무 뒤로 몸을 피하여 그 소나무 줄기를 부여잡고 지켜보았다.

이 때는 무덤 앞에서 축문을 읽던 신부는 보이지 않고, 언제 어떻게 되었는지 그 여자는 그 갈라진 무덤 속으로 뛰어들어 보

---

1) 주인 옆에 있으면서 그 집 일을 맡아보는 사람.
2) 흙을 쌓아 올려서 무덤을 만듦.

190

이지도 않았다. 그렇다고 하는 것은 아까부터 분개하여 신부의 뒤에 서서 지키고 있던 신랑이 그 갈라진 구멍으로 달려들어 그 여자의 치맛자락을 부여잡고 땀을 뻘뻘 흘리며 무서운 형상으로 그것을 잡아당기고 있었기 때문이다. 치마는 발기발기 찢겨져 그 여자의 하얀 다리가 힐끔 보였으나 그것마저 이내 없어지고야 말았다.

신랑은 흙과 땀으로 전신이 새까맣게 되어 할 수 없이 물러섰다. 그리고 날이 저물어 저녁이 어둑어둑할 때까지 무덤 옆에 멍청히 주저앉아 두 다리를 여덟 팔 자로 펴고 앉아 땅을 치고 통곡하고 있었다. 그러나 그를 도울 사람은 아무도 없었다. 모두 도망쳤고 무덤도 소리 없이 정적을 지키고 있었다. 모든 것이 허사로 돌아가고 죽음으로 돌아가 버린 것이다.

그제야 창두는 소나무 뒤에서 걸어 나와 젊은 주인의 가엾은 무덤을 만져 놓고 여전히 땅을 치며 울고만 앉아 있는 신랑을 달래 말에 태워 보냈다. 신부가 타고 있던 칠보금덩과 다른 가지가지 신행의 예물들은 근처의 촌락에 부탁해 놓고 달려왔다는 것이다. 이러한 창두의 보고를 양현 내외와 다른 모든 사람들이 좀처럼 믿으려고 하지 않아서 그는 확신을 보이고 증거를 세우는 데 진땀을 뺄 정도였다. 어떤 젊은 노복 하나가 자기 눈으로 보지 않는 한 결코 믿을 수 없다고 해서 창두는 그 길로 그를 데리고 현장을 확인시키기까지 하였다. 이 때문에 그는 노복과 내기를 해서 술을 한턱 기쁘게 얻어먹었다.

이런 말이 있는 이후 황령 고개를 지나던 사람들은 멀리 돌아서 지나고 혼자서는 더구나 얼씬도 하지 못하였다. 그러나 그들은 깊은 감명이 아니고서는 이 이야기를 듣지 못하였고, 될 대

로 되어 갔다고 공명을 표시하였다. 그 한 젊은 애인들의 사후
에 기대를 가져 보기도 하였다.

 그것은 실로 막연한 기대였으나, 그들의 감정에 깊이 뿌리를
박은 열렬한 축원임에는 틀림없었다. 신부를 이와 같이 허무하
게 잃어버리고 본가로 돌아간 심 상서의 젊은 재사는 사흘 동안
이불 속에서 일어나지 못하였다. 추 상서의 집안은 물론이고,
심 상서의 집안에서도 이 신기한 사건의 뒤처리를 하느라고 야
단법석들이었다. 초상을 만난 추 상서의 집에서는 묻으려야 묻
을 시체가 없었다. 신부를 감쪽같이 잃어버린 심 상서 집에서는
문책하려야 문책할 대상이 없었다.

 이렇게 해서 양가는 며칠 동안 똑같이 허공만 쳐다보며 한숨
을 지었으나 현실 파악에 남다른 재주를 가지고 있는 심 상서는
조야에 이름난 귀여운 아들을 잃어버린 추 소저 대신 그녀에 못
지않은 요조숙녀를 얻어서 안기려고 사방에 매파를 출동시키기
시작하였다. 그것은 꼭 필요하다고 결심한 것이었다.

 그러나 아들의 상처받은 감정은 이런 정도로 아물지 않았다.
그는 모욕을 느끼고 분격하여 복수의 무서운 정열에까지 솟아
올랐다. 며칠 동안 절망해서 누워 있는 동안 이러한 감정으로
적당히 만져 키워 놓은 것이다. 그래서 그는 몇몇 용감한 창두
를 불러 일장의 훈계를 내리고 삽과 괭이를 주어서 자기를 따르
도록 명령하였다.

 첫 새벽에 담을 뛰어넘어 황령으로 달려온 젊은 열다섯 살의
심의랑은 연적(戀敵)[1]의 무덤을 앞에 대하였다. 전에는 없었던

---

 1) 여인을 빼앗고자 하거나 연애를 방해하는 사람.

반죽과 칡덩굴이 나 있었다. 그것이 묘하게 엉겨붙어 있어서 이 복수심에 불붙어 있는 젊은 소년은 별안간 발작적인 강한 증오의 정을 느끼며, 그것을 발로 짓밟고 뭉개고 뜯어서 동댕이쳤다. 더구나 반죽에서는 무서운 분노를 느끼며 마디마디 꺾고 조각조각 깨물어 버렸다. 그리고 창두들에게 무덤을 파헤치라고 명령하였다.

시체는 두 개가 묘하게 서로 끌어안고 있었다. 아직도 산 사람처럼 생생하니 그대로 있는 듯하였다. 이러한 광경은 소년의 증오심을 무서운 질투와 복수의 감정으로 화해 놓았다. 그는 미쳤다고 볼 수밖에 없었다. 무덤을 파헤친다는 것도 결코 정상적이 아니려니와 시체에 대한 증오감은 죽은 자를 관장하며 잔인한 폭력을 가하는 염라대왕과 다를 것이 없었다. 이 때의 소년의 얼굴을 본 자가 있다면 그것이 저 절간의 벽에 많이 그려져 있는 염부(閻府)의 무서운 맹장들의 하나가 아니라고 누가 감히 부인하고 나설 것인가.

그에게 노예의 맹세를 하고 염부의 졸개가 되어 염라대왕의 폭력과 악을 돕고 있는 창두들조차도 그의 파렴치한 행동에 한동안 아연실색하고 있을 정도였다. 심의랑은 다정하게 말도 없는 두 시체를 떼어서 따로따로 저주하고 오욕(汚辱)을 가하자 그것을 나란히 두 개의 무덤을 만들어 묻으라고 그의 졸개들에게 명령하였다.

졸개들은 가까이 무덤을 팠으나 대왕의 시정 명령이 내려서 두 개의 무덤 사이에 또 하나의 무덤이 들어갈 만한 거리를 두고 파기 시작하였다. 그 중간에 자기가 들고 더구나 추양대와는 자기가 한층 가까이 묻혀져야 할 권리가 있다고 그는 주장하였다. 이후에 자기가 죽게 되면 그곳에 묻어 달라고 이르기도 하였다.

이렇게 해서 복수의 쾌감을 만족하며 심의랑은 집으로 돌아갔다. 그러나 그날 밤 그는 한잠도 이루지 못하였다. 그의 머리가 놓여졌던 베개와 요 끝머리에는 이튿날 아침에 보았을 때 물을 부은 것처럼 눈물이 흥건하게 괴어 있었다. 그는 여전히 며칠 동안 흥분한 감정을 식히지 못하였다.

심의랑은 또다시 분연히 일어서서 창두들을 데리고 무덤으로 향하였다. 그러자 어찌된 일인가. 뗏장도 입히지 않았던 무덤에 하나에는 반죽이 자랐고, 또 하나에는 칡덩굴이 뻗어서 그 칡덩굴이 반죽으로 향하여 가 이제 조금만 있으면 엉겨붙으려 하고 있다. 이것은 소년의 질투와 증오감을 또다시 맹렬하게 폭발시켜 놓았다.

그는 칡을 자르고 반죽을 뽑아 던지면서 무섭게 흥분하여 자기 아내의 무덤을 고개를 넘어 반대편 산비탈에 묻으라고 창두들에게 명령하였다. 그는 그 시체를 묻기 전에 꼭 품에 안고 눈물을 한없이 뿌리기까지 하였다. 이 때문에 창두들의 작업은 의외로 시간이 걸려서 날이 저물기까지 계속되었다.

심의랑은 얼마가 지난 뒤에 와 보았다. 역시 없던 반죽과 칡덩굴이 돋아나서 칡덩굴은 고개를 넘어 이쪽 무덤으로 오려 하였다. 아! 이 얼마나 가증스러운 집착인가. 그들의 사랑이 진정이라면 자기의 사랑도 진정이었다. 적어도 심의랑은 그렇게 생각하고 있었다. 살아서 받지 못한 아내의 애정을 죽어서는 받아보려고 발버둥쳤다. 그래서 더구나 그의 증오와 질투심을 맹렬히 솟구쳤다.

"아! 끝까지 나를 배신하려는 이 악녀!"

격분한 그는 칡덩굴을 뿌리째 뽑아 갈기갈기 찢고 이쪽의 반죽도 그렇게 해서 함께 불을 질러 버렸다. 삭장이 나무에 불을 붙여 그 위에 올려놓은 칡과 반죽이 타는 것을 지켜 서서 내려다보던 그의 눈에서는 눈물이 방울방울 떨어져 내렸다. 어린아이처럼 어떻게나 처량한 많은 눈물이었는지 그것도 마침내 다 타서 남은 불을 꺼 버릴 정도였다.

이 짓궂은 정열의 소모자는 이번에는 그대로 무덤을 내버려둔 채 말에 올라 돌아섰다. 날은 저물어 컴컴하게 어두워 왔다. 이날 혼자서 왔던 그는 어둠을 타고 돌아갔다.

가깝게 달린다는 것이 깊은 산중으로 들어가 버렸다. 불빛 하나가 울창한 수목 사이로 반짝반짝 비쳤다. 그는 그 초옥을 찾아갔다. 절벽을 등진 조촐한 산간초옥이었다.

동자 하나가 갈건야복에 백우선을 손에 쥐고 앉아 있는 백발의 노인 앞으로 그를 인도해 갔다. 심의랑은 경건한 존경심이 앞서서 그 노인 앞에 무릎을 꿇고 절을 올렸다.

"내 들으니 그대는 추 낭자와 결혼하였다가 필경은 허사되었으매 가장 무료하리라."

덤덤한 표정으로 자세히 보지도 않으며 이렇게 입을 떼는 노인의 말에 심의랑은 완전히 압도당해 버렸다. 남을 지배하고, 그런 반면 보다 높은 권세에 무조건 노예가 되는 벼슬아치의 가정에서 자라고 교육을 받아온 그로서는 이러한 천신과 같은 예지의 권위 앞에 털끝만큼도 고개를 쳐들 수 없었다.

그는 천자 앞에 무릎을 꿇고 감동하듯이 노인에게 몸과 마음을 죄다 굴복시켜 내심 노예를 다짐하였다. 천자가 내린 사약을 일종 감격의 눈물을 머금으며 들이키는 위대한 충신처럼 그도 이런 경우 노인이 죽으라고 하면 오히려 감사의 염을 품으며 감연히 죽어 갔을 것이다.

다행히 노인은 속세를 떠난 고상한 인물인 듯해서 그에게 죽으라는 명령은 내리지 않았다. 무위자연(無爲自然)[1]의 운명론을 믿고, 권세와 지배를 싫어하며 정열과 투쟁을 타개하는 듯하였다.

"그렇거니와 이미 하늘에서 정한 바이거늘 그대 무단히 헛수고를 하니 가장 애달프도다."

하고 이 정체를 알 수 없는 위대한 예언자는 그렇게 말을 맺으며 한 손으로 백발 삼천 장의 긴 수염을 끄트머리만 깔죽깔죽 도토리 까듯 비비고, 또 한 손으로는 예의 백우선을 펼쳤다 접었다 하였다.

그는 통 정면으로 보지 않기에 심의랑은 뒤에 누가 그 노인의 얼굴이 어떻게 생겼더냐고 물어도 전혀 대답하지 못할 정도였다. 그러나 그의 노예의 복종심은 종교적이라고 할 만큼 투철해서 상대방의 그러한 둔갑장신(遁甲藏臣)[2]의 술법에 조금도 영향을 받을 까닭이 없었다. 전장에 나가서 그를 위하여 생명을 내던지는 군사가 임금을 본 일이 없고 순교자가 그 교주의 참된 얼굴을 볼 필요가 없듯이 심의랑도 그런 것에는 아랑곳없었다. 심의랑은 노인의 교훈에 감격하여 이렇게 맹세해 보았다.

"산야 우맹이 천의를 모르고 추씨의 일이 심히 괴이하기로 심력을 썼삽더니 이제 존경하온 노선의 말씀을 듣사오니 황연

---

1) 사람의 힘을 들이지 않은 그대로의 자연.
2) 둔갑의 술법으로 남에게 보이지 않게 몸을 감춤.

대각(大覺)하와 마음에 다시는 거리낌이 없나이다."

과연 총명한 소년이었다. 명문대가에 태어나 일찍부터 소년 등과하여 그 이름이 조야에 널리 알려져 있는 이 심 상서 댁의 천재 선동은 여기서 황연 대각하여 노인에게 하직하고 내 집의 따뜻한 품안으로, 아버지가 얼마 후면 천하의 요조숙녀를 골라서 안겨 줄 한없이 아늑한 내 집으로 돌아가 버렸다.

아닌게아니라 심의랑 같은 약삭빠르고 재치 있고 권세와 재산의 뒤에 숨어서 천재 신동의 이름을 자랑하는 자는 정열의 무서운 바람에 휘말려 평지풍파를 일으키고 자기와 자기 이름을 최후의 비극으로 이끌어간다는 것은 대단히 현명하지 못한 일이다. 그는 아버지와 그 조상들의 이름 있는 피를 이어받아 역시 벼슬에 능하고 처세에 능한 자였다.

그러면 여기서 독자들에게 또 하나의 황당한 기적을 제공하지 않으면 안 된다. 서설(序說)은 제쳐놓고 본론에 들어가 현명한 독자들의 판단에 맡기는 것이 좋겠다. 제아무리 증명과 고증이 명석하다 하더라도 황당한 것은 어디까지나 황당하고 기적인 것은 어디까지나 기적이기 때문이다.

부골생육이라든가 환생인간이란 따위의 묘한 말이 있다. 이 말이 언제부터 시작된 것인지는 모르나 아득한 옛날부터 약하고 무지한 인간들에게 믿음을 주고 교리를 닦아 온 위대한 인물들이 선전하고 믿어 온 말이니 그대로 믿어 두는 것이 좋으리라. 말하자면 이미 저승으로 가 버린 열렬한 한 쌍의 애인은 이 부골생육의 방법에 의하여 아직도 이루지 못한 인연과 소원을 완성하기 위해 또다시 이생으로 나온 것이다.

방장산의 태을선인과 옥제와 태상노군과 지장왕과 황건역사

(黃巾力士)의 순위로 저마다 맡은 바 기능과 친절을 다하여 그들조차 감동한 불행한 연인들을 옛 그대로의 모습으로 이 지상으로 돌려보내 주었다. 조물의 신비와 천지 조화를 장악하고 이럭저럭하는 참된 권위가 있는 그들인지라, 그들이 공동 노력을 한다면 이만한 일쯤 하지 못할 리가 없다.

인간의 지혜가 거기에 미치지 못하니 그들의 하는 일이 무엇이고 어떻게 하는 것인지는 어디까지나 상상에 맡길 수밖에는 없는 일이다. 인간이 제아무리 지력을 자랑한다고 하더라도 우주의 본질과 천지 조화의 깊고도 깊은 진리를 알아보지 못할 것이 아니겠는가.

인간은 고작해야 내 인식에 그쳐 버린다. 그런지라 이 위대한 우주의 신비는 옛사람들의 믿음대로 그대로 내버려두자. 박가가 죽어서 박가가 되건 이가가 죽어서 박가가 되건 죽은 김가가 이가로 돌아오건 제 자신으로 환생하건 그것은 우주의 커다란 조화에 속한다.

아무러나 이러한 조화에 의하여 양산백과 추양대는 그 아름다운 모습 그대로 부골생육하고 환생 인간해서 관대한 독자들 앞에 또다시 등장하게 된 것이다. 따라서 이들이 거의 똑같은 시간에 시신이 묻혀 있는 제각기의 무덤에서 똑같이 솟아 나오는 것을 목격한 사람이 있다고 한다면 그는 기절초풍하여 죽어 버렸으리라는 것은 묻지 않아도 뻔한 일이다.

다행히 두 사람이 무덤에서 솟아 나오는 것을 본 사람은 한 사람도 없었다. 그래서 사랑하는 두 남녀는 서로 손을 맞잡고 환생의 기쁨을 마음껏 즐기면서 우선 추양대의 본가로 향하여 갔다. 평강 땅 그녀의 고향으로 들어섰을 때 동네 사람들이 신기하게 바라보던 광경이나, 그녀의 집의 놀라움이나, 딸을 맞이하는 추상서 내외의 당황하는 모습이나, 반가운 눈물이나 하는 것은 아무리 능한 표현이라도 당할 도리가 없었다. 죽은 사람이 버젓이 살아서 돌아오더라는 사실 그것을 상상할 수 있다면 어느 정도 사실에 육박할 수 있는 것이 아닐까.

그것은 감격이 아니라 난동이었다. 광란의 도깨비굿이었다. 이러한 경악과 공포와 환희가 엇갈린 도깨비굿이었다. 이러한 경악과 공포와 환희가 엇갈린 도깨비굿이 있은 뒤에 이제는 그칠 줄 모르는 경험으로 들어갔다. 양산백에 대한 추상서 내외의 찬미와 회한이 있었고 이런 다음 길일을 정하여 예법에 좇아 혼례를 행하기로 하였다. 너무 급하게 하는 것이어서 양산백의 본가에 알릴 수는 없었다.

삼일 잔치는 성대하게 베풀어졌다. 이 때 모인 사람들은 모두 신랑 신부를 부러워하고 찬미하며 천생연분이란 말로 메웠다. 그들은 이 두 남녀 사이의 신기한 이야기를 입에서 입으로 전하며 순식간에 그것은 사방으로 번져 갔다. 그 얘기를 들은 자는 누구나 그럴 것이라고 감동하여 머리를 끄덕였다. 하늘이 정한 연분이라면 사생을 넘어서서 존재하여야만 할 것이 아니겠는가. 그들의 감명은 바로 이런 점에 있는 듯하였다.

첫날밤을 맞이한 열렬한 한 쌍의 원앙들의 정은 그 어디다 비할 도리도 없을 정도였다. 양산백은 운향사에서의 옛일을 회상하며 생명의 희열을 십분 맛보았다. 그는 이날 밤보다도 이 나라를 위하여 그토록 몸부림치며 기다려 온 그때가 더욱 좋았구나 하고도 생각하였다. 그러나 무한히 행복하고 기뻤다. 온 세상이 자기를 위하여 기뻐해 주는 것 같고 자기는 태양이 되어

이 세상의 중심이 된 것만 같았다.

추양대의 아름다움도 새롭게 보였다. 양산백은 그 여자를 위하여 무엇인가 기쁘게 해주고 싶어 견딜 수 없었다. 그리고 이 행복을 어서 빨리 부모에게 알려주고 싶었다. 자기가 살아왔다는 것과 사랑하는 아름다운 여인을 얻었다는 이중의 기쁨을 선사한다면 어머니와 아버지는 얼마나 놀라실 것인가. 그는 벌써 그것이 겁이 날 정도였다. 결혼 전에 양친을 모셨더라면 더욱 좋았을 것을 하고도 생각하였다.

아닌게아니라 아내를 재촉하여 본가로 돌아갔을 때 처음 추상서의 집에서 있었던 것과 꼭 같은 경악과 감격의 소동이 폭발하였다. 아들의 손을 잡고 놀란 양현 내외는 꿈이냐 생시냐 하면서 몇 번이고 실신해 쓰러졌다. 아들의 돌연한 병사로 갑자기 늙어 버린 듯한 그들은 몸을 지탱할 기력조차 없을 정도였다. 더구나 왕씨의 쇠약은 푹 곯아 버렸다고 해도 좋을 정도로 말이 아니었다.

예의 창두의 이야기를 듣고 언제까지라도 그 이야기에 감동하여 무덤의 기적을 잊지 않고 있던 두 내외는 조물의 신비가 놀랍고, 하늘이 감사해서 견딜 수 없었다. 그들은 자기 아들을 인식하고 확인하는 데 며칠을 걸리지 않으면 안 되었다. 그리고서도 이것이 내 피를 받은 진짜의 아들인가 그렇지 않으면 무엇인가가 장난질치는 환영뿐인가 하고 의심해 마지않았다. 남들이 그렇다고 하고 더욱 좋아하니 그런가 보다라는 등으로 일종 허망한 생각도 없지가 않았다.

아름다운 신부를 보았을 때 그들은 이중 삼중의 놀라움을 금하지 못하였다. 그 생김생김이나 아름다움이나 건강한 것이나 태도가 우아하고 말씨가 고운 것, 그 어디나 값비싼 비단을 대하는 것 같고 얻기 어려운 보물을 얻은 것 같아, 아들의 고민이 얼마나 컸던가를 새삼스럽게 상기하기도 하였다. 실로 내 귀여운 아들에게 다시없는 배필이라고 생각하였다.

양현 내외는 이들의 새로운 행복을 같이 즐기기 위해서 성대한 삼일 잔치를 베풀었다. 그렇지 않아도 이 보기 드문 신기한 신랑 신부를 보기 위하여 원근 촌락에서 다투어 모여들던 남녀노소는 잔치에 저마다 운집하여 조정의 태평연과도 같은 감격과 환희의 물결을 이루었다.

그들은 추 상서 집에서와 마찬가지로 천생연분이니 기적이니 연분은 인력으로는 어떻게 할 수 없다느니 이런 식의 축사로 찬미와 탄복을 아끼지 않았다. 그들은 저마다 옳게 된 일이라고 기적 그 자체보다도 거기에 맥맥이 흐르는 듯한, 일종의 정의를 확신하였다. 도덕이나 법률 이상의 본질적인 감격을 그들은 거기에서 음미하려고 애쓰는 듯하였다.

이렇게 해서 양산백의 이야기는 동네에서 동네로 번져 온 세상으로 퍼져 갔다. 젊은 사람들은 더구나 양산백처럼 사랑하고 추양대처럼 진실하였으면 저마다 이들을 닮아 보려고 다투어 경쟁하기도 하였다.

양산백과 추양대의 신혼 생활은 다시없이 행복하였다. 먹은 것은 문제가 없고 가문은 높아서 온 사람들의 존경의 대상이 되고 그들의 기적은 그들의 불빛이 되어 앞을 밝혀 주고 학문과 교양은 서로의 이해를 깊이 해주고 아름다움과 건강은 생활의 커다란 매력이었다. 게다가 시부모에 대한 추양대의 효성은 오히려 남편을 가르쳐 줄 정도였으니 양산백의 가정은 그야말로 명랑과 행복의 꽃밭을 이룬 듯하였다.

이쯤 되고 보니 양현 내외의 만족은 더 말할 나위도 없었다. 이제는 이들도 완전히 건강을 회복해서 아들 내외의 행복을 위로로 삼아 여생의 도락으로 학문과 도덕을 높이려고 힘쓸 뿐이었다. 그러다가도 이따금 아들의 장래를 생각해서 약간의 허영심을 일삼는 수도 있었다. 아들이 용문에 올라 높은 벼슬을 하게 된다면 금상첨화가 되어 가문을 더욱 빛낼 것이고 대대손손 부귀영화를 누릴 것이 아닌가 이러한 평범한 허영이었다.

그러자 마침 좋은 기회가 왔다. 때는 대명 성화 28년이었다. 북방 오랑캐들이 강성해져서 자주 변방에 쳐들어오고 그 세력은 점점 커져 이제는 더 좌시할 수 없게 되었다. 거기에 대하여 이쪽에서도 준비를 하지 않으면 안 되었다.

그러나 명나라에서는 오랫동안 태평성대를 계속해 온 때문으로 군사에 대하여 거의 등한히 해 왔다. 풍년은 계속되고, 외적의 침략은 없어서 정치는 그대로 내버려두어도 잘 되었다. 백성들에게 풍년이 오고 먹을 것이 족하고 무엇보다도 그들을 괴롭히지 않는다면 정치는 있으나마나 하다라는 진리를 새삼스럽게 깨달을 정도였다.

따라서 조정에서는 인재가 없고, 장군이 없었다. 적어도 이때의 조정 제신들 자신이 그렇게 생각하고 있었다.

신하들은 대개가 늙고 젊은 의욕 있는 일꾼들이 없다는 이야기였다. 젊고도 씩씩한 장재(將材)[1]를 뽑아서 적의 침공에 대비하여야 한다는 이야기였다.

---

1) 장수가 될 만한 훌륭한 인재.

　따지고 보면 이러한 인재 등용론은 해마다 제때가 되면 한 번씩 있게 마련인 법이나, 이 때는 더구나 그러한 주장이 시기에 맞아 들어가고 있었다. 오랑캐의 침범을 당하고 있는 변방에서 쉴 새 없이 급한 장계(狀啓)[1]가 날아들곤 하기 때문이었다. 태평세의 편안한 생활에 수염만 연신 쓰다듬어 내리던 조정의 명예로운 제신들은 이러한 장계를 피할 도리가 없고 자신들의 생활의 타성을 계속시키기 위해서도 신명을 아끼지 않는 젊은이가 필요하였다. 따라서 제신들이 일제히 일어서서,

　"이제 조정에 출전함직한 장수는 없사오니 마땅히 과거를 시행하와 인재를 등용하심이 좋을까 하나이다."

하고 아뢰었을 때, 천자는 이 말을 옳게 생각하시고 즉시 예부에 하조하여 설과하라고 분부하시었다.

　과거를 본다는 기별은 곧 전국 방방곡곡에 퍼져 갔다. 남쪽 땅의 양산백 집에도 그 소식이 전하지 않을 수 없었다. 신혼 생활의 행복에 젖어 있는 산백은 그 행복에다 금상첨화를 하려는 욕심에서 아버지가 권하기도 전에 자진해서 나섰다. 원래가 벼슬을 숭상하고 있는 양현 내외는 아들의 이러한 태도를 환영하였고 기뻐서 어쩔 줄을 모를 정도였다. 양현은 아들의 실력을 잘 알고 있었기에 더구나 본인이 싫다고 하더라도 강요하였을 것이었다. 그의 젊은 아내도 기뻐해 주었다.

　"군자가 어찌 아녀자를 위하여 이런 말씀을 입밖에 내시나이까. 남자가 출어세상하매 입신양명하여 비현부모하고 명소죽백하옴이 장부의 마땅한 일이거늘 어찌 구구히 권녁하사 공명을

---

1) 지방 감사의 명령 또는 왕명으로 지방에 파견된 관원이 왕에게 서면으로 보고하는 계본 (啓本).

취지 아니하시리이까. 바라건대 낭군은 빨리 계화를 겪으사 국
가의 근심은 덜으시고 도탄중에 든 백성을 건지소서."
하고 말 내기를 가장 어려워하던 남편의 말에 추양대는 서슴없
이 이렇게 대답하였다.

　양산백은 감격해서 과구(科具)²¹를 수습하여 행장에 꾸려 넣
고 즉시 부모와 아내에게 하직하고 경성으로 올라갔다. 그리하
여 전국에서 속속 모여든 야심 많은 재사들의 틈에 끼어 객점
(客店)에 주인을 정하고 과일(科日)을 기다렸다.

　그는 자신이 만만한 듯하였다. 원래가 가인으로 태어난 그는
운향사에서의 공부로 문장 시서에는 견줄 사람이 없었고 무예
에도 천품이 있어서 누구에게나 떨어지지 않을 정도였다. 이번
과거 시행의 목적이 무인에게 있었던만큼 그는 그 점도 십분 자
신 있게 준비하고 있었다. 여기에는 아버지와 아내의 도움이 컸
다. 특히 추양대의 협조는 그의 성공의 커다란 계기가 될 수가
있었다.

　이렇게 해서 과시에 응한 양산백은 다른 어떠한 야심가도 제
쳐놓고 문무 양시에 영예로운 장원을 하였다. 천자가 놀라시고
온 천하가 놀란 것은 더 말할 나위도 없었다. 문과만이 아니라
무과에까지 동시에 장원을 한다는 것은 그다지 쉬운 일이 아니
었다. 더구나 전임 상서 양현의 아들이라는 데 천자는 미신적인
기쁨을 감추지 못하시며, 충신의 아들은 충신이라는 원리를 새
삼스럽게 깨닫기까지 하신 모양이었다. 이 때문에 양산백의 지
난 명예로운 기적마저 천자의 귀에 들어가게 되었다. 천자는 이

---

2) 과장(科場)에서 쓰는 제구.

런 이야기를 듣고 양산백을 하늘이 내리신 충신이라고 감탄하
시며 격찬을 마지않으셨다.

"이번 장원이 죽었다가 살아났다는 남양 땅의 그 공자라지
요? 그렇다면 될 분이 된 것이 아니로소이까. 옥제가 사랑하옵
시는 그러한 환생 인간의 천재를 누가 감히 당하겠나이까!"

경성의 거리거리에서 그런 얘기가 또다시 발을 돋쳐 달리기
시작하였다. 장원의 영예로운 삼일유가(三日遊街)[1]를 할 때에
장안 백성들의 환희와 감격과 찬미를 말할 도리가 없을 정도였
다. 장원이라는 영예보다도 문무에 동시에 장원을 하였다는 그
의 천재적인 재능보다도 그 무엇보다도 그가 한 여자를 열렬히
사랑하고 그 때문에 죽고 또 살았다는 그 감명 깊은 이야기가
그들의 흥미를 더욱 끄는 모양이었다.

문무 겸전한 이 영예로운 천재에게 천자는 전례를 깨쳐서 한
림학사 겸 표기장군을 내리시고 게다가 특별히 대완마 한 필을
하사하시었다. 이쯤 되고 보니 그의 금의환향을 누가 부러워하
지 않을 사람이 있을 것인가.

양산백은 장원을 하고 고향으로 돌아가기 전에 우선 일봉 서
찰을 닦아서 창두에게 주어 달려가게 하였다. 아내와 부모에게
먼저 그 기쁨을 알려두자는 것이었다.

이럴 때에 북방 오랑캐들은 점점 그 침략의 기세를 높였다.
변방의 미미한 고장에 들어오던 그들은 이제는 제법 대담해져
서 안으로 깊숙이 들어와 군세도 경시할 수 없게끔 되었다.

그러자 우북평이 그들의 손에 들어갔다는 극히 위험한 비보

---

1) 과거에 급제한 사람이 삼일 동안 시관이나 친척을 돌아다니던 일.

가 날아들었다. 이 비보는 천자를 물론 대소 제신과 경성의 상
하 백성들에게 커다란 충격을 주었다. 우북평에 들어온 적세는
예상외로 큰 것이었고, 뿐만 아니라 그러한 병력으로 적병이 우
북평에 들어와 있다면 경성조차 위험하고 명나라의 운명이 도
한 풍전등화와 같다고 아니할 수 없었다. 변방의 비보는 그것을
노골적으로 비쳐 놓았다.

천자는 군신들을 모아 놓고 이에 대하여 대책을 논의하기 시
작하시었다. 그 결과 병부상서 왕균이란 자가 대원수가 되고,
전 장군 위홍이란 자가 보원수가 되어 명나라에서는 정병 10만
과 용장 1천 명을 즉시 우북평으로 보냈다.

그러나 우북평에 들어와 장차 명나라의 정복을 꿈꾸고 있는
가달국의 적병들은 예상보다는 훨씬 강성하였다. 왕균의 10만
병으로는 도저히 감당할 수 없을 정도였다.

한풍이 살을 찌르는 사막을 내 집으로 삼고 침략을 생업으로
하는 그들의 용감한 기마대들은 바람같이 날래고 천신같이 불
사조의 정신을 가지고 있었다.

전 세계를 고향으로 삼고 거기에 내 생활의 편리와 자유를 찾
으려는 이 언어에 절한 강포한 사나이들은 그들의 앞을 가로막
는 어떠한 권위도 법률도 국경도 인정하지 않으려는 대담무쌍
한 야망의 정열에 불붙었다. 그들은 하나하나가 성난 범이었고,
성난 사자였고, 성난 곰과 같았다. 그들은 자기네의 생활과 자
유를 위해서 싸웠다.

인류 사회의 어떠한 문명도 제도도 그들 앞에서는 무와 같았
다. 짐승 앞에 국경이 있을 수 없는 것처럼 그들에게는 이 대자
연의 광활한 토지에 말뚝을 박아 놓고 이것이 내 신성한 영토

다. 이 안에는 아무도 무단히 들어올 수 없으며 일단 들어오는 날이면 내 절대 명령에 복종해야 한다라는 식의 간악한 폭군이니 국경을 인정할 수는 없었다.

그들로서는 이러한 국경의 울안에 갇혀서 한 사람의 절대 군주에게 노예의 복종을 맹세하고 평신저두하며 그 속에서 평생의 비루한 생활을 마치는 인간들이 한 사람의 약한 목동에게 끌려가는 양떼처럼 불쌍하고 비굴하게만 생각될 정도였다. 그들은 이러한 인간의 지배와 피지배를 철저하게 파헤치고 거대한 대자연을 인류의 공동 무대로 삼아 거기에 실력을 다투고 누구나 먹고 살아갈 자유가 있다는 인간의 근본 권리를 세워 보고 싶었다.

따라서 그들의 정신은 투철하였고 용감한 전투력은 명나라 군이 당할 도리가 없었다. 그들은 파괴에 철저하였고 욕망에 불을 뿜었다. 무기력한 명나라 백성들을 침을 뱉어 멸시하고, 천자와 그 벼슬아치들을 불구대천(不俱戴天)[1]의 원수로 삼아 이 인류의 대무대에 말뚝을 박아 놓고 새끼를 둘러쳐서 지배와 권위를 부리려는 얌체족들을 증오하여 적개심은 불꽃처럼 활활 타오르고 있었다. 그들은 우북평에 들어와 집을 파괴하고 재물과 계집을 겁탈하고 짐승이 그 희생자를 잔인하게 희생해 버리듯이 그들도 잔인하게 희생시켰다. 짐승의 정열과 탐욕을 가지고 그들은 자기네의 욕망과 갈증을 만족시켰다.

왕균의 10만 군사는 우북평 이쪽의 10리 전방에다 진을 치고 싸웠으나, 지옥의 염라대왕을 모아 놓은 것 같은 이들의 적이

---

1) 하늘을 같이 이지 못하는 뜻으로, 이 세상에서는 같이 살 수 없을 만한 큰 원한을 비유하여 일컫는 말.

될 수는 없었다. 대원수 왕균과 보원수 위홍은 서로 지혜를 짜예에 제갈량과 같은 비계를 무수히 써 보았으나, 그것은 황하의 홍수를 모래로 막으려는 이들 문화 민족의 얕은 수작에 지나지 않았다.

사막의 무적인 야만인들은 황하의 홍수가 되어 그들의 비계든 잔꾀든 온통 밀어 버리듯이 싹 쓸어 버렸다. 너무나 거창한 홍수가 되어 그들이 지나간 뒤에는 다만 무인지경의 허허한 모래사장만이 남아 있을 뿐이었다. 아! 그것은 너무나 잔인하고 파괴의 완성 같은 것이었다.

이 홍수의 무서운 파괴에서 다만 하나 살아남은 사람이 있었다. 그것은 슬기로운 부원수 위홍이었다. 왕균은 적장에게 사로잡혀 간 곳조차 알 수 없었다.

겨우 혼자의 목숨을 건진 위홍은 그 길로 경성으로 달려오다가 천자에게 이 전패의 사실을 눈물로써 주달하였다. 그 눈물이 이기심에서 나온 것은 뻔하였으나, 그러나 너무도 의외의 결과에 놀란 천자나 제신들은 그를 벌 줄 마음의 여유도 없었다. 적병의 세력은 그들이 예상한 것보다는 너무나 강하였다.

이것을 무슨 재주로 막는단 말인가. 천자와 제신들은 이 엄연한 사태에 압도되어 고개를 뚝 떨어뜨리고 말도 하지 못하고 있었다. 도무지 엄두도 나지 않기 때문이었다. 그러자 우승상 황보숭이라는 자가 출반하여 이렇게 아뢰었다.

"이제 가달이 병정 양족하고 70여 성을 쳐서 항복을 받았으니 그 형세 호대하여 졸연히 파하기 어려운지라. 왕균과 위홍의 재주가 등한하지 아니하되 출정하와 일석지간에 10만 정병과 1천여 명 맹장을 잃어버리고 원수 왕균은 적진에 싸여 가고 위홍이

겨우 일명을 도망하여 왔사오니 일로 볼진댄 그것을 경적하지 못함을 가히 알지라. 이제 조정 문무 중에 가히 보낼 사람이 없사오매 신의 우견에는 한림학사 양산백이 문무 겸전하올 뿐 아니라 지용(摯勇)[1]이 과인하오니 차인으로써 대장을 삼아 보내시면 도적을 가히 토멸하올 것이요, 성상이 베개를 평안히 하시리이다."

양산백이라는 말에 전부가 고개를 번쩍 쳐들었다. 언젠가 본 위대한 영웅인 것 같은 인상이 그들의 기억을 달려 지났다. 이 친근한 이름을 그들은 웬일인지 얼른 생각하지 못하였다.

천자의 기쁨도 말이 아니었다. 갑자기 용기를 얻은 천자는 어진 재상 황보숭의 의견을 만족히 여기시고 즉시 양산백을 천하 병마 대장군을 봉하시고 그에게 형양 제도의 백만 대군을 총독하게 하시었다. 그리하여 그에게 이 칙명을 받들도록 사신을 남양으로 급히 내려보내어 명조하시었다. 거기에 어느 누구의 이의도 있을 수가 없었다.

천자는 또 우북평의 싸움에서 10만 군사를 전몰시키고 혼자서 겨우 도망쳐 온 위홍을 불러 양산백을 도우라고 하교하시며 그에게 무장의 직함을 내리시었다. 벌을 주는 대신 관대하게 등용하여 더 한층 신명을 아끼지 말고 헌신하라는 뜻에서였다. 이런 자는 위에서 이러한 관대한 마음을 보인다면 감지덕지해서 눈물을 쥐어짜며 충성의 맹세를 해 보이는 법이다.

위홍이가 바로 그런 자여서 그는 자기가 살아온 죄과를 통절하게 뉘우치며 진실로 헌신 봉사해야 하리라고 자기 마음에 깊

---

1) 성질이 사나운 짐승과 같은 용기.

이 새겨 넣었다. 그는 두 주먹으로 눈물을 닦으며 어전을 물러 났다.

몇 달 말미를 얻어 고향으로 돌아간 한림학사 양산백은 이른바 금의환향의 영예로운 맛을 십분 맛보았다. 아내와 부모의 기뻐함은 더 말할 나위도 없겠고 원근 백성들과 친척 노복들 그리고 근처 각 도 각현의 벼슬아치들이 저마다 예물을 가지고 구름처럼 모여들어 일일이 인사를 받기가 바쁠 정도였다.

이런 때 벼슬아치들의 아첨은 눈살을 찌푸릴 정도였다. 상대방의 벼슬과 천자의 신임을 적당히 고려하여 그 결과에 따라 허리를 구부리는 도수를 신축하고, 예물의 무게도 올라갔다 내려갔다 한다.

양산백으로 말하면 그들의 아첨은 최대한도로 요구하는 한 사람이었다. 문무 양과에 자원을 한 데다가 천자는 그에게 특별한 은총을 내려서 한림학사 겸 표기장군을 봉하신 데다가 값비싼 대완마까지 내리시었다.

시골 마을에서 백성들을 몰아치며 군림하고 있는 각 읍의 수령들은 이러한 소식을 듣자 그의 장래를 평가하고 예물의 무게와 허리를 구부리는 도수와 인사하는 말을 어떤 식으로 써야 할 것인가, 예방의 거리를 어느 정도로 잡아야 할 것인가, 다른 고을의 수령은 어떤 정도로 인사를 차릴 것인가, 거기에 뒤떨어져서 되겠는가 아니 되겠는가, 이러한 가지가지 번잡한 절차를 몇 번이고 되풀이하여 생각하고 생각하였다. 게다가 예물은 어느 집 누구의 것을 뺏어 오는 것이 좋겠다라는 것까지 결정을 지어 버렸다. 거기에 따라 그의 며칠 동안의 집무의 방향은 결정되었다.

210

양산백은 그들의 존경을 최고로 요구하는 것이기 때문에 수령들은 누구나 할 것 없이 백성들의 것을 많이 빼앗아 가지고 많이 예물을 만들어서 아전들을 뒤에 이끌고 그의 집에까지 예방하기로 한 것이다.

이 때문에 양한림의 집에서 일일이 인사를 받기가 귀찮아 아예 삼일 잔치를 열어 버렸다. 그러나 양현 내외는 명문대가의 전통과 위엄을 지키기 위하여 이들 벼슬아치들만은 특별히 따로 자리를 마련하여 겸허하게, 그러나 무게 있게 그들의 인사를 받아 두었다. 양현은 점점 이러한 고상한 취미를 갖기 시작한 것이다.

삼일 잔치가 끝났을 때 사신이 별안간 달려들어 그들은 놀랐다. 각 도 각 읍의 수령 방백들은 또다시 존경을 표시해 왔다. 이번에는 그들의 머릿속에서 언제나 정해 놓고 있는 아첨의 저울이 혼란해 버려서 그것을 최고로 할 것인가, 특별로 할 것인가 매우 난처하였으나 어찌 되었든 자기의 마음에 긴급 명령을 내려 이번에는 백성들마저 동원해 갔다.

일하던 사람들은 일손을 놓고 장사를 하던 사람들은 가게문을 닫고 밥 먹던 사람들은 그것을 내버려두고 사신이 천하병마대장군이 본가를 나와 경성으로 향하는 길을 사람으로 메우기 위하여 달려가지 않으면 안 되었다.

명나라 백성들은 이런 명령에는 매우 순량하여 거역할 줄을 몰랐다. 하기야 아니 나간다면 뒤에 생활에 커다란 피해를 입는다는 것도 있었으나 아무튼 이 때문에 양산백의 집은 또다시 사람의 바다를 이루고 사방에서 감격이 물끓듯하였다. 양현 내외는 기쁘고 국은(國恩)이 망극해서 견딜 수 없었고, 착하고 아름다운 추양대는 남편을 맞이한 지 며칠도 아니 되나 역시 정중하게 이성을 지켰음은 더 말할 나위도 없었다.

남편이 제 아무리 위험한 전장에 나가더라도 승리는 하고 올망정 결코 죽을 리는 없다는 확고한 신념이 있었기 때문이다. 이러한 신념은 그 여자의 섭섭한 마음을 진정시키는 데 커다란 도움이 되었다.

양산백은 이러한 사랑스러운 아내와 부모와 많은 사람들을 하직하고, 천사와 함께 용기백배해서 경성으로 향하여 올라갔다. 수령방백들은 10리 밖까지 따라 나와 그에게 머리를 땅에 닿도록 숙였다. 그들의 고분고분한 허리에는 장래 운명이 거기에 걸린 듯하였다.

경성으로 올라와 즉시 예궐한 양산백은 천자와 제신들로부터 뜨거운 환영을 받았다. 천자는 그에게 일국의 운명을 맡기노라는 감명 깊은 교훈을 내리시고 이미 정한 천하병마 대장군의 중임을 봉하시었다. 그리고 방장검을 주시며 군령을 짐과 마찬가지로 엄히 하라고 하교하시고, 또 어주(御酒)[1]마저 내려 그를 위로해 주시었다.

양산백은 백만의 대군을 이끌고 지체 없이 적병이 머물러 있는 우북평으로 직행하였다. 그 군세는 참으로 대 명나라의 위엄을 과시할 정도였다. 포악한 적병이 쳐들어온다고 하여 벌써부터 벌벌 떨고 있던 경성의 백성들과 노변의 백성들은 이제야 희망을 얻은 듯이 기뻐하고 반가워하였다.

가달국의 침략군은 아직도 우북평에 머물러 있었다. 이들은

---

1) 임금이 내리는 술.

승리에 도취하여 마음껏 즐기며 이제는 명나라의 경성에 쳐들어가 천자를 사로잡으리라고 저마다 호언하였다. 그래서 더구나, 양산백의 백만 대군이 온다는 말을 듣고 그들은 한없이 흥분하기 시작하였다.

그들은 저마다 말에 올라 명나라 군이 진을 치기 시작한 성밖으로 달렸다. 달리면서 대오(隊伍)를 짓는 그들은, 전투의 천재들이라 아니할 수 없었다. 가달왕은 이것을 선두에서 지휘하고 용맹한 장군들은 그를 호위해서 좌우로 늘어섰다. 뒤늦게 계집 하나를 안고 집에서 나오던 군사 한 놈은 이것을 보자 그 계집을 내던지고 말에 뛰어올라 대오의 뒤를 따랐다.

이렇게 해서 성문을 나오기 시작한 적병은 그 수 몇 10만이 되는 듯하였다. 양산백은 이들과 대진하여 10여 일을 싸웠다. 그러나 적은 예상외로 강력하고 용감해서 냉큼 결과가 나지 않았다. 황은에 감격해서 흥분하고 있는 위홍은 다른 누구보다도 용감하게 싸웠으나 아무런 성과도 없었다.

양산백은 계교를 써 보려고 생각하였다. 그래서 적장을 유인하여 겨우 하나를 잡았다. 그러나 다음은 그들도 이러한 꾀를 간파하고 그물에 걸려들지 않았다. 그들은 오히려 맹렬하게 정공(正攻)[1]을 해 올 뿐이었다. 기병대인 그들은 북방의 대사막을 가로질러 질풍처럼 달리듯이 이러한 일제 돌격에는 명나라의 백만 대군도 당할 도리가 없었다.

이렇게 해서 양산백은 오히려 그들의 공격을 받고 얼마간의 군사를 잃었다. 화가 벌컥 치밀어 오른 양산백은 말에 채찍질하

---

1) 기계나 모략을 쓰지 않고 정정당당하게 하는 공격.

여 혼자서 적진으로 향하여 갔다. 가달왕과 싸워 최후의 결판을 내려는 생각이었다.

아니나 다르랴 적진에서도 대단한 덩치의 가달왕이 성난 사자처럼 달려나왔다. 갑옷 투구로 전신을 무장한 무서운 가달왕은 칼끝 하나 들어갈 곳이 없는 듯하고, 게다가 얼굴은 온통 털이 뿌옇게 솟아서 입이 어디에 있는지 눈이 어디에 있는지조차 알 수 없을 정도였다. 그러한 털 속에서 그는 마치 허기진 범이 사람을 보고 입을 벌리듯 입을 떡 벌리고 이렇게 호령하였다. 그 소리 또한 천지를 진동할 것 같았다.

"너 이놈! 아직도 털을 벗지 못한 어린 놈이 어디라고 감히 대적하려는고. 빨리 앞에서 내려 항복하라! 그렇지 못하는 날에는 네 몸의 잔뼈를 한입에 삼켜서 그림자도 없게 할 테다."

"흥! 무지막지한 짐승놈! 네가 너희의 강성만을 믿고 천의를 거스르니 그 죄가 어떤 것인가를 알려주리라."

양산백도 소리를 높여 그렇게 대답해 주었다.

"내가 천의를 거슬렀다니! 이놈! 듣거라, 하늘은 너희에게도 있는지 모르나 우리에게도 있다. 이 하늘 아래 너희만이 말뚝을 박고 새끼를 둘러서 이것은 우리의 땅이니 아무도 들어올 수 없다라고 헛소리를 치고 있지 않은가. 그러나 하늘 아래에 그러한 국경이 언제부터 있다는 이야기인가. 너희는 너희의 강도를 행한 선조의 덕분으로 그 국경의 울안에 들어서 그것이 마치 하늘이 정해 준 신성한 영토인 것처럼 생각하는 모양인데 이 대자연에는 모래밭과 산과 강과 들밖에 없다. 이러한 대지에서 발을 붙이고 있는 자는 누구라도 살 권리가 있고, 어디에 가서든 살 자유가 있다. 하늘은 누구에게도 이 권리를 똑같이 주고 있다.

그렇거든 유독 너희 천자만이 이 인류의 근본 권리를 혼자서 차지하려는 이유가 무엇인가. 짐은 분명히 너 천자의 졸개에게 선언한다. 너희 천자의 선조가 우리의 생활 무대인 대자연의 한 귀퉁이를 강도질해서 영원히 독점하려고 한 것처럼 나 역시 너희 천자를 잡아서 북해의 깊은 바다에 던져 버리고 이 땅을 차지할 테다! 그렇게 될 경우에 너는 듣거라! 너희 우매한 졸개와 어리석은 백성들은 짐이 얼마든지 모욕을 줄 테지만 그러나 어떠한 모욕에서도 은인자중(隱忍自重)[1]하여 봉사해 오는 자는 부려먹을 터이고 그렇지 못하는 자는 내게 용감하게 대결해 오던지 그렇지 않으면 스스로 죽어야 할 것이다. 너희 비겁한 자들은 어서 빨리 굴복해서 내 더러운 발이 그 위를 지나가도록 인간의 방석을 만들어라. 짐은 너희에게 침을 뱉고 밟아 줄 테다!"

"오랑캐놈에게 예의가 있고 도덕이 있을 수 있겠느냐! 나는 너 짐승을 잡아서 우리 천자에게 바치려니와 능지처참으로 극형하리라는 것을 알라!"

"흥 명나라다운 사치스러운 이야기를 하는구나, 사람을 죽이는데도 너희같이 사치스러운 놈들은 없으리라. 내가 일찍이 너희 나라에 문화니 도덕이니 법률이니 시서·음률이 있다는 말을 들었는데 이것은 도대체 무엇을 하는 괴물들인가. 인간을 죽여도 격식은 차려서 번잡하게 죽이고 백성들을 괴롭혀도 번잡한 절차를 밟아서 오래 시간을 끌어 괴롭히자는 심사가 아닌가. 어리석은 놈들은 죽이는 데 있어서도 독약을 주어서 스스로 받

---

1) 마음속으로 참으며 몸가짐을 자중함.

아 마시도록 하는 것이 너희가 아닌가. 백성들의 물건을 강도질하면서도 우선 명분부터 내거는 것이 너희가 아닌가. 그러할진댄 나는 너희의 도덕과 법률을 멸시하고, 차라리 오랑캐를 택하련다!"

"짐승이 제아무리 강포하더라도 사람에게 쫓긴다는 것을 아는가 모르는가!"

"그 말이 네 간사한 종족의 최후라는 것을 알라!"

무서운 가달왕은 격분해서 그 말을 던지자 쏜살같이 달려들었다. 양산백은 재치 있게 옆으로 피하여 그들에게 반격해 들었다.

두 장군은 거의 한나절 가량이나 싸웠다. 그러나 결과는 없었고 양쪽 진영에서 대담한 장군이 몇몇 달려나와 이들을 도우며 싸웠으나 결과는 없었다. 양산백은 최후로 그가 가장 자신을 갖는 활을 빼어 들었다. 그 화살은 가달왕의 날랜 말에 맞아 말은 거꾸러지고, 가달왕은 그의 부하들의 엄호(掩護)[2]를 받으며 본진으로 도망쳐 갔다. 이것이 이날의 양산백의 성과일 뿐이었다.

양산백은 할 수 없이 또 비계를 쓰기로 결심하였다. 그리하여 좌우 장군들에게 제각기 작전 명령을 내려놓고 적진으로 향해 갔다. 적진에서 가달왕이 다른 말을 바꾸어 타고 달려나왔다.

"이놈, 듣거라! 어제는 네놈이 간악하게도 화살로 내 말을 꺾었다마는, 오늘은 너 어린 놈이 내 칼에 죽고 명나라가 내 발에 깔린다는 것을 알라!"

"버릇없는 오랑캐놈아! 천의를 거스르는 도적놈이 제가 갈

---

2) 적군의 습격에 대비하여 자기편의 작업 행동 등을 안전히 하며 또는 중요 구축물을 보호함.

길을 재촉하고 있다는 것을 알라!"

"이놈! 어린 놈이 되지 못하게 작작 큰소리를 쳐라! 너희 천
자는 무능하고 박덕한 놈이다. 하늘은 이러한 놈을 없애치우고
유덕하고 유능한 사람을 앉힌다는 것을 아는가 모르는가! 내
너희 놈들의 어리석음을 깨우쳐 줄 테니 그 목을 곱게 늘여라!"

여기서 또 피를 토하는 격전이 벌어졌다. 가달왕은 어제의 분
풀이를 하려는 마음으로 불덩어리처럼 흥분하고 있었다. 양산
백은 몇 번 죽을 고비를 넘겼다.

그러나 가달왕은 너무나 흥분하고, 분노에 끌려 있어서 상대
방의 꾀에 넘어가는 줄도 모르고 있었다. 양산백은 그를 끌고
슬금슬금 자기 진영으로 움직여 갔다. 그리하여 최후로 본진에
들어서자 그를 철통처럼 포위하고 사방에서 공격하였다.

과연 용감한 가달왕이었다. 여의봉을 후려치며 변화무쌍한
손오공처럼 삼두육비(三頭六臂)[1]의 비상한 힘을 발휘하여 전후
좌우의 적을 일시에 막아내는데, 이를 당할 사람은 없을 것 같
았다. 그는 앞을 보고 있으나 동시에 뒤를 보고 좌우를 보고 그
야말로 현상을 초월한 심령을 가지고 싸우는 듯하였다. 무예에
달통한 신인이었다.

양산백은 내심 감탄해 마지않을 정도였다. 가달왕은 한 곳을
뚫고 절벽을 굴러 내리는 커다란 바위처럼 도망쳐 달아났다. 그
러나 웬일이냐. 본진으로 갔을 때 자기의 진영은 완전히 궤멸되
어 버리지 않았는가. 명나라 군이 그곳을 차지하고 그에게 공격
해 왔다.

---

1) 힘이 몹시 센 사람을 가리키는 말.

가달왕이 또다시 36계 줄행랑을 쳐서 멀리 달아나 산 하나를 넘어서자, 거기에 자기의 패잔병이 모여 있었다. 그것은 불과 기만에 지나지 않았다. 어디선가 부장군 야출이란 놈이 헐레벌떡 달려왔다. 가달왕은 이들을 모아 놓고, 본국에 남아 있는 군사들을 죄다 몰아오기도 하였다.

그러나 며칠이 지나 급히 달려온 본국의 군사를 보니 불과 30만밖에 안 되었다. 적의 백만 대군에 비한다면 너무도 적은 수였다. 가달왕은 이들을 이끌고 이번에는 그들이 능수로 아는 일제의 돌격을 개시하였다.

장사진을 치고 이것을 기다리고 있던 명나라 군은 뱀이 그의 희생자에 대하여 머리와 꼬리를 감아 완전히 포위해 버리듯이 그들 역시 좌우를 감아서 극히 자연스럽고 저항할 수 없게 가달국 30만 군을 삼켜 버렸다.

가달왕은 야출과 함께 겨우 도망쳐 달아났다. 그의 뒤를 따른 자는 불과 몇 만도 안 되었다. 우북평을 점령하고, 명나라 변방 70여 성을 뺏어 쥐었으며, 이제 명나라의 정복을 눈앞에 두고 있던 가달왕으로서는 너무나도 허망한 실패가 아닐 수 없었다. 그는 대지에 주저앉아 땅을 치며 통분해 하였다.

옛날 그들의 오랜 선조인 흉노의 한 왕자는 토지를 위해서는 사랑하는 천리 준마도, 아름다운 아내도 적에게 바치고 아버지와 아버지의 충비(忠婢)도 죽여 없앴다. 그러나 지금 실패에 울고 있는 이 사막의 대 야심가는 또 무엇을 줄 것이 있을 것인가. 그는 대지를 부둥켜안듯이 주저앉아 다만 우박 같은 눈물을 주룩주룩 쏟을 뿐이었다.

그러자 지혜로운 신하 하나가 유명한 자객 하나를 소개하였

218

다. 신장이 9척 5촌이고 머리털이 빨갛고 얼굴이 시푸르뎅뎅하며 한번 소리를 지르면 천지가 뒤집힐 듯하고 게다가 힘으로 말하면 그야말로 역발산의 대단한 근력을 소유한 자였다.

이 거인의 이름은 육힐이라 하였고 희주현에서 살고 있었다. 지혜로운 신하의 분명한 보장에 의한다면 그를 불러다가 천하를 양분할 약속을 하고 적진에 들어가 양산백을 죽여 없애는 날이면 명나라의 정복은 누워서 떡 먹기라는 이야기였다. 절망에 우는 대 정복자는 이 말을 듣자 별안간 용기를 얻어 벌떡 솟구쳐 일어섰다.

육힐은 대번에 불려왔다. 과연 대단한 거인이었다. 천하를 양분해 주겠다는 약속의 욕심만 없다면 그는 무사무욕한 대자연과도 같은 위인이었다. 바위처럼 욕망이 없어 보였다. 바위나 대자연이 무엇에 의하여 존재하고 질서를 잡고 있는지 알 수 없듯이 그의 원리를 알 수 없을 정도였다. 가달왕의 만족은 이만저만이 아니었다.

그러나 보기보다는 매우 단순해서 육힐은 많은 말이 필요 없었다. 그는 가달왕의 툭툭 치는 어깨의 손과 천하 양분의 말 한마디를 명백한 계약 문서로 삼고 혼연히 미소를 짓고는 칼을 들고 적진으로 향해 갔다.

밤 삼경이라 그의 거창한 육체를 감추기에는 좋았다. 태산도 이런 밤에는 보이지 않을 테니까. 양산백은 불빛을 밝혀 놓고 병서를 보고 있었다. 육힐이 접근해 가도 전혀 모르는 듯하였다. 육힐은 대담하게 밀고 그의 침실로 뛰어 들어갔다.

양산백은 조용히 얼굴을 들어 그를 보았다. 이토록 대담무쌍한 소년 장군을 육힐은 칼을 번쩍 들고 달려들었다. 그러나 아!

웬일인가. 태산 같은 거인은 두어 걸음 발을 옮겨 떼었을 때 그만 땅바닥에 푹 빠지며 그는 보이지도 않았다.

"이놈! 알겠는가! 네가 오랑캐의 자객이 되어 온 모양이나, 이쪽에서는 너를 곱게 모시기 위하여 오늘 하루 몇 사람이 땀을 흘렸단 말이다."

좌우에 숨어 있던 힘센 장군들이 양산백의 이 말이 떨어지자, 육힐을 묶어 끌어올려서 목을 쳐 버렸다. 양산백은 벌써부터 패주한 가달왕을 감시하고 있었다.

가달왕은 자신만만하게 기다렸으나, 그의 눈앞에 바쳐진 것은 피가 뚝뚝 떨어지는 육힐의 머리였다. 양산백은 이미 대기시켜 둔 그의 복병에 의하여 가달왕과 부장군 야출을 잡아 버렸다. 나머지 적병들도 죄다 잡아 버렸다.

가달왕과 야출을 원문 밖에 내어 참하게 하고 첩서를 천자에 올린 뒤 양산백은 회군하여 경성으로 올라갔다. 천자와 제신들은 그를 멀리 나와 환영하고 백성들은 감격에 넘쳐서 어쩔 줄을 몰랐다. 천자는 이 위대한 영웅을 치하하시며, 그에게 북평후를 봉하시고, 그의 아버지 양현에게는 초봉을 봉하시었다. 그리고 많은 상사를 하시고 이들 일가를 황성으로 올라오도록 특별히 분부하시었다. 이렇게 하여 양산백의 영귀는 완성된 것이나 그는 1녀를 두었고, 사랑하는 아내와 팔순을 누려, 온 세상 사람의 존경을 받으며 조용히 여생을 보냈다.

작품 해설

조선 영·정조 시대를 전후하여 씌어졌다고 추측되는 작품으로, 지은이와 집필 연대는 알려져 있지 않다. 이 소설은 중국의 설화를 소재로 하여 소설화한 작품으로, 일명 〈양산백〉·〈축영대〉 등으로도 불리고 있다.

양생이라는 청년과 추랑이라는 아름다운 처녀가 인연을 맺고 사랑을 속삭였다. 그러나 추랑은 부모의 강압에 못 이겨 심생이라는 남자와 결혼했다. 상심한 양생은 추랑을 그리다가 상사병으로 죽고, 그를 사랑하는 추랑도 신생 길에 양생의 무덤 속에 뛰어들어 죽었다. 그러나 그 후 두 남녀는 다시 살아나 행복한 생애를 누렸다.

이와 같은 원전인 설화의 간단한 기록을 소재로, 애정에 군담(軍談)·신괴(神怪) 등을 조금씩 가미하여 이와 같이 역량 있는

소설로 발전시켰다는 것은 지은이의 놀라운 기교라고 할 수 있
다. 우리나라의 고대 애정 소설의 백미 중 하나로 손꼽히는 작
품이다.

‖구 인 환‖
서울대학교 사범대학 국어교육과 졸업
서울대학교 대학원 국어국문과 수료(문학 박사)
서울대학교 사범대학 교수
국어국문학회 대표이사 및
한국소설가협회 이사
문학과문학교육연구소 소장
서울대학교 명예교수

우리 고전 다시 읽기

채봉감별곡

초판 1쇄 발행 2004년 1월 15일
초판 11쇄 발행 2017년 12월 11일

엮은이 구 인 환
펴낸이 신 원 영
펴낸곳 (주)신원문화사

주   소 서울시 구로구 가마산로 27길 14 (신원빌딩10층)
전   화 3664-2131~4
팩   스 3664-2130

출판등록 1976년 9월 16일 제5-68호

＊잘못된 책은 바꾸어 드립니다.

ISBN 89-359-1162-3 04810